박노해詩集

노동의 새벽

노동의 새벽

박노해 詩集

걸음

1984년 초판본 표지(풀빛출판사)

저임금과 장시간 노동의 암울한 생활
속에서도 희망과 웃음을 잃지 않고
열심히 살며 활동하는 노동 형제들에게
조촐한 술 한 상으로 바칩니다.

1984년 타오르는 5월에

박　노　해

스무 살의 새벽 노래

스무 살이 되기까지
많은 강을 건너고
많은 산을 넘었다
새벽은 이미 왔는가
아직 오지 않았는가

전쟁 같은 밤일을 마치고
새벽 쓰린 가슴 위로
차거운 소주를 부으며
온몸으로 부르던 새벽
그때 우리는 스무 살이었다

나는 처음 노래했지만
노래한 것은 내가 아니었다
누구의 가슴에나 이미 있었고
누구라도 받아쓰지 않으면 안 될
우리들 가난한 사랑의 절규였다

인간의 삶이란, 노동이란
슬픔과 분노와 투쟁이란
오래되고 또 언제나 새로운 것
묻히면 다시 일어서고
죽으면 다시 살아나는 것

스무 살 가슴에 아픔이 없다면
스무 살 가슴에 슬픔도 분노도 없다면
그 가슴은 가슴도 아니리
스무 살 아프던 가슴이 새로 스무 살이 되어
다시 새벽 노래를 부른다

그 아픔, 그 슬픔, 그 분노
이젠 남의 가슴에 떠넘길 거냐고
가슴도 아닌 가슴으로 살 거냐고
스무 살의 나를 향해
스무 살의 너를 향해

2004년, 노동의 새벽 20년
다시 새벽에 길을 떠나며
박 노 해

차 례

1
사랑이여 모진 생명이여

2
노동의 새벽

3
새 땅을 위하여

1

사랑이여 모진 생명이여

하 늘

우리 세 식구의 밥줄을 쥐고 있는 사장님은
나의 하늘이다

프레스에 찍힌 손을 부여안고 병원으로 갔을 때
손을 붙일 수도 병신을 만들 수도 있는 의사 선생님은
나의 하늘이다

두 달째 임금이 막히고
노조를 결성하다 경찰서에 끌려가
세상에 죄 한 번 짓지 않은 우리를
감옥소에 집어넣다는 경찰관님은
항시 두려운 하늘이다

죄인을 만들 수도 살릴 수도 있는 판검사님은
무서운 하늘이다

관청에 앉아서 흥하게도 망하게도 할 수 있는

관리들은
겁나는 하늘이다

높은 사람, 힘 있는 사람, 돈 많은 사람은
모두 하늘처럼 뵌다
아니, 우리의 생을 관장하는
검은 하늘이시다

나는 어디에서
누구에게 하늘이 되나
대대로 바닥으로만 살아온 힘없는 내가
그 사람에게만은
이제 막 아장걸음마 시작하는
미치게 예쁜 우리 아가에게만은
흔들리는 작은 하늘이것지

아 우리도 하늘이 되고 싶다

짓누르는 먹구름 하늘이 아닌

서로를 받쳐 주는

우리 모두 서로가 서로에게 푸른 하늘이 되는

그런 세상이고 싶다

멈출 수 없지

빨리빨리
바삐 아침을 지어먹고
만원버스 따라 뛰며
종종종 바쁘게 걸어
후다닥 작업복 갈아입고
쓰왜앵——
열나게 하루를 돈다

긴 식사대열
식반을 받쳐 들고
국에 말아 훌 마시고
화장실 가서 찌익 오줌 누고 뭐 볼 틈도 없이
뻑뻑 담배 한 대 굽고
연장노동 들어가면
전쟁터처럼 정신없이
굉음 속에 기계는 돌아가고
스피커 악악거리는

박자 빠른 디스코를
따라잡기엔 지쳐 버렸다

땀에 절어 맥 풀린 얼굴들로
종종걸음치며 공장문을 쏟아져 나와
인사조차 못 나눈 채
검은 어둠 속으로 흩어지고
비탈진 골목길을 숨 가쁘게 오르며
나는 때리면 돌아가는 팽이라고
거대한 탈수기에 넣어져 돌리면
돌릴수록 쥐어짜지는 빨래라고
하루, 일 년, 죽을 때까지
정신없이 따라 돌며
정신없이 바뀌는 세상에
눈빛도 미소도 생각조차
속도 속에 빼앗겨 버렸어

전력을 다 짜내어 뛰어도
갈수록 멀어져만 가는
황새를 뱁새걸음으로,
공작새를 장닭으로,
승용차를 맨발로 따라 뛰며
죽기까지 손발을 멈출 수 없지
걷고 싶어도 주저앉고 싶어도
채찍보다 더 무서운
살아야 한다는 것,
노동자의 운명은
죽음이 아니라면 멈출 수 없지

오늘도 내일도
가면 갈수록 바쁘게 뛰어야 하는
갈수록 가진 것 없고 졸라매야 하는
고도로, 번영으로
급성장하는

우리는 복지국가 대한민국

삥이치는

노동자

신혼일기

길고 긴 일주일의 노동 끝에
언 가슴 웅크리며
찬 새벽길 더듬어
방 안을 들어서면
아내는 벌써 공장 나가고 없다

지난 일주일의 노동,
기인 이별에 한숨 지며
쓴 담배연기 어지러이 내어 뿜으며
바삐 팽개쳐진 아내의 잠옷을 집어 들면
혼자서 밤들을 지낸 외로운 아내 내음에
눈물이 난다

깊은 잠 속에 떨어져 주체못할 피로에 아프게 눈을 뜨면
야간일 끝내고 온 파랗게 언 아내는
가슴 위에 엎으러져 하염없이 쓰다듬고
사랑의 입맞춤에

내 몸은 서서히 생기를 떤다

밥상을 마주하고
지난 일주일의 밀린 애기에
소곤소곤 정겨운
우리의 하룻밤이 너무도 짧다

날이 밝으면 또다시 이별인데,
괴로운 노동 속으로 기계 되어 돌아가는
우리의 아침이 두려웁다

서로의 사랑으로 희망을 품고 돌아서서
일치 속에서 함께 앞을 보는
가난한 우리의 사랑, 우리의 신혼행진곡

천생연분

내가 당신을 사랑하는 것은
당신이 이뻐서가 아니다
젖은 손이 애처로와서가 아니다
이쁜 걸로야 TV 탈랜트 따를 수 없고
세련미로야 종로거리 여자들 견줄 수 없고
고상하고 귀티 나는 지성미로야
여대생년들 쳐다볼 수도 없겠지
잠자리에서 끝내주는 것은
588 여성동지 발뒤꿈치도 안 차고
써비스로야 식모보단 못하지
음식솜씨 꽃꽂이야 학원강사 따르것나
그래도 나는 당신이 오지게 좋다
살아 볼수록 이 세상에서 당신이 최고이고
겁나게 겁나게 좋드라

내가 동료들과 술망태가 되어 와도
며칠씩 자정 넘어 동료 집을 전전해도

건강 걱정 일 격려에 다시 기운이 솟고
결혼 후 3년 넘게 그 흔한 쎄일샤쓰 하나 못 사도
짜장면 외식 한 번 못하고 로숀 하나로 1년 넘게 써도
항상 새순처럼 웃는 당신이 좋소

토요일이면 당신이 무데기로 동료들을 몰고 와
피곤해 지친 나는 주방장이 되어도
요즘 들어 빨래, 연탄갈이, 김치까지
내 몫이 되어도
나는 당신만 있으면 째지게 좋소

조금만 나태하거나 불성실하면
가차 없이 비판하는 진짜 겁나는 당신
좌절하고 지치면 따스한 포옹으로
생명력을 일깨 세우는 당신
나는 쬐끄만 당신 몸 어디에서
그 큰 사랑이, 끝없는 생명력이 나오는가

곤히 잠든 당신 가슴을 열어 보다 멍청하게 웃는다

못 배우고 멍든 공순이와 공돌이로
슬픔과 절망의 밑바닥을 일어서 만난
당신과 나는 천생연분
저임금과 장시간 노동과 억압 속에 시들은
빛나는 대한민국 노동자의 숙명을
당신과 나는 사랑으로 까부수고
밤하늘 별처럼
흐르는 시내처럼
들의 꽃처럼
소곤소곤 평화롭게 살아갈 날을 위하여
우린 결말도 못 보고 눈감을지 몰라
저 거친 발굽 아래
무섭게 소용돌이쳐 오는 탁류 속에
비명조차 못 지르고 휩쓸려갈지도 몰라
그래도 우린 기쁨으로 산다 이 길을

그래도 나는 당신이 눈물 나게 좋다 여보야

도중에 깨진다 해도
우리 속에 살아나
죽음의 역사를 넘어서서
이른 봄마다 당신은 개나리 나는 진달래로
삼천리 방방곡곡 흐드러지게 피어나
봄바람에 입 맞추며 옛 얘기 나누며
일찍이 일 끝내고 쌍쌍이 산에 와서
진달래 개나리 꺾어 물고 푸성귀 같은 웃음 터뜨리는
젊은 노동자들의 모습을 보며
그윽한 눈물로 지자 여보야
나는 당신이 좋다
듬직한 동지며 연인인 당신을
이 세상에서 젤 사랑한다
나는 당신이 미치게 좋다

이불을 꿰매면서

이불홑청을 꿰매면서
속옷 빨래를 하면서
나는 부끄러움의 가슴을 친다

똑같이 공장에서 돌아와 자정이 넘도록
설거지에 방 청소에 고추장 단지 뚜껑까지
마무리하는 아내에게
나는 그저 밥 달라 물 달라 옷 달라 시켰었다

동료들과 노조 일을 하고부터
거만하고 전제적인 기업주의 짓거리가
대접받는 남편의 이름으로
아내에게 자행되고 있음을 아프게 직시한다

명령하는 남자, 순종하는 여자라고
세상이 가르쳐 준 대로
아내를 야금야금 갉아먹으면서

나는 성실한 모범근로자였었다

노조를 만들면서
저들의 칭찬과 모범표창이
고양이 꼬리에 매단 방울 소리임을,
근로자를 가족처럼 사랑하는 보살핌이
허울 좋은 솜사탕임을 똑똑히 깨달았다

편리한 이론과 절대적 권위와 상식으로 포장된
몸서리쳐지는 이윤추구처럼
나 역시 아내를 착취하고
가정의 독재자가 되었었다

투쟁이 깊어 갈수록 실천 속에서
나는 저들의 찌꺼기를 배설해 낸다
노동자는 이윤 낳는 기계가 아닌 것처럼
아내는 나의 몸종이 아니고

평등하게 사랑하는 친구이며 부부라는 것을
우리의 모든 관계는 신뢰와 존중과
민주주의에 바탕해야 한다는 것을
잔업 끝내고 돌아올 아내를 기다리며
이불홑청을 꿰매면서
아픈 각성의 바늘을 찌른다

얼마짜리지

말더듬이 염색공 사촌 형은
10년 퇴직금을 중동취업 브로커에게 털리고 나서
자살을 했다
돈 100만 원이면
아파 누우신 우리 엄마 병원을 가고
스물아홉 노처녀 누나 꽃가말 탄다
돈 천만 원이면
내가 10년을 꼬박 벌어야 한다
1억 원은 두 번 태어나 발버둥 쳐도 엄두도 나지 않는
강 건너 산 너머 무지개이다
나의 인생은 일당 4,000원짜리
그대의 인생은 얼마
우리 사장님은 하룻밤 술값이 100만 원이래는데
강아지 하루 식대가 5,000원이래는데
3천억을 쥐고 흔든 여장부도 있다는데
염색공 사촌 형은 120만 원에 자살을 하고
열여섯 우리 동생 공장을 가고

오 오

우리의 인생 우리의 사랑 우리의 생명은

얼마 얼마?

어디로 갈꺼나

어디로 갈꺼나
눈부시게 푸르른 오월
얼마 만에 찾아 먹는 휴일인데
정순이는 오늘도 특근이란다
어디로 갈꺼나
프로야구 중계도 끝난
테레비도 싱거워
전자오락실에서 동전 몇 닢 쏭쏭 날리고
이 거리 저 거리 돌아다니기도 지쳐
시원한 생맥주 한 잔 하고
영화라도 한 편 보고
디스코장에라도 가고 싶은데
벌써 가불이 오만 원째다
무엇을 할꺼나
얼마 만의 휴일인데
자꾸만 초조해
편지도 못 쓰겠고 책도 안 잡히고

에라 장기판 두드리다
짤짤이나 하다가 그도 시진하여
쥐포에 소주잔을 돌리면서도
무언가 해야 하는데,
어디론가 가야 하는데,

등산친목회도 축구동우회도
한자공부도 독서모임도
잔업에 밀려 휴일특근에 깨져
아무것도 계획할 수 없어,
이러다간 삼 주째 못 본
사랑스런 정순이마저
날아가 버릴지 몰라

사장님은 교양 때마다
놀면 돈만 쓰니 젊을 때 열심히
잔업에다 휴일특근 시키는 대로

다 여러분 위해서 가족처럼 말씀하시고
제미랄 좆도!
안 쓰고 안 먹고
조출철야 휴일특근 몸부림쳐도
가불액만 늘어가고,
계획은 조각나 버려
아 그렇게도 기다리던 휴일날,
어디로 갈꺼나
갈 곳이 없다
무엇을 할꺼나
할 돈이 없구나
대책을 세울 수 없어
이 눈부신 신록의 오월에
우리는 빈속 소주잔에 비틀거리며
슬픔을 마신다
분노를 마신다
쓰디쓴 노동자의 비애를 마신다

한 강

한강이 가슴을 연다
여윈 어미의 가슴처럼
주름진 강심江心이 소리 없이 열려 흐른다

얼어붙은 겨울 속으로
숨죽이며 흐느낌으로 흐르던
눈물 강물

봄은 멀은데
멍든 가슴, 지치인 노동에
탄식하며 탄식하며 쓰러져
몰아치는 찬바람에
다시 아귀찬 이를 물며 일어서 흐르는
사랑이여 모진 생명이여

강물은 흐르고
더러움과 오욕에 뒤섞여

거칠게 한강은 흐르고

살얼음을 뒤척이며
어두운 겨울 속으로
봄을 부르며
봄을 부르며
소리 없이 열려 흐르는
눈물이여 강물이여

그리움

공장 뜨락에
다사론 봄볕 내리면
휴일이라 생기 도는 아이들 얼굴 위로
개나리 꽃눈이 춤추며 난다

하늘하늘 그리움으로
노오란 작은 손
꽃바람 자락에 날려 보내도
더 그리워 그리워서
온몸 흔들다
한 방울 눈물로 떨어진다

바람 드세도
모락모락 아지랑이로 피어나
온 가슴을 적셔 오는 그리움이여
스물다섯 청춘 위로
미싱 바늘처럼 꼭꼭 찍혀 오는

가난에 울며 떠나던
아프도록 그리운 사람아

포장마차

모래에 싹이 텄나
사장님이 애를 뱄나
이 좋은 토요일 잔업이 없단다

이태리타올로 기름 낀 손을 닦고서
작업복 갈아입고 담배 한 대 붙여 물면
두둥실 풍선처럼 마음이 들떠
누구라 할 것 없이 한 잔 꺾자며
공장 뒷담 포장마차 커튼을 연다
쇠주파 막걸리파 편을 가르다
다수결 두꺼비로 통일을 보고
첫딸 본 김형 추켜 꼼장어 굽고
새신랑 정형 얼러대어
정력에 좋다고 해삼 한 접시
자격증 시험 붙어 호봉 올라간
문형이 기분 조오타고 족발 두 개 사고
걸게 놓인 안주발에 절로 술이 익는다

새벽에 안 서는 놈은 빚도 주지 말랬는데
잔업에 끓다 보니 요게 새벽까지 기척도 안 해
일주일째 아내 고것 곰팡이 슬겠다고 킬킬거리고,
이제 신혼 한 달째인 정형 새 신부
토실한 히프 모양이 첫아들 날 상이라며
좌우삼삼 일심구천 김형 5단계 노하우 전수에
헤 벌리는 놈, 심각한 놈, 키득대는 놈,
한 잔 두 잔 술잔이 돌아올 때마다
우리는 녹아들어 하나가 되어
송형은 문형에게 감정풀이 화해주를 청하고
서씨는 전기과 박형과 찜찜했던 오해를 털어놓고
노씨는 왕년에 꽝빨나던 시절 타령이 시작되고
장단 맞추는 김형, 만주에서 개장수하며 독립운동하던
뻥까는 야화가 기세를 올리면 부산 자갈치 공형,
야야 치라 치라 벌써 백 번째다 마
내 한 곡 뽑제, 니 박수 안 치나
두만강을 노 저어 오룩도 돌아

개나리 처녀 미워 미워

울고 넘는 박달재로 발길을 돌려

젓가락 두들기며 주전자 뚜껑 드럼에도

어깨 우쭐, 방뎅이 들썩,

쿵다라 닥닥 조코 좋커

영자야 안주 한 사라 더 주라 잉

2차 가자 집에 가자 고고장 가자는 걸

알뜰살뜰 신씨가 눌러 앉히고 한 병 두 병 더할수록

거나하게 취기가 올라

좆 같은 노무과장, 상무새끼, 쪽발이 사장놈,

노사협의회 놈들 때려 엎자고

꼭 닫아둔 울화통들이 터져 나온다

문형은 간신자식들 먼저 깨야 한다며

벌겋게 달아오르고

정형은 단계적으로 구내식당부터

시정하자고 나직이 속삭인다

상고 나와 기름쟁이 된 회계담당 김형은

외상장부 넘겨 가며

계산을 한다

냉수 한 사발 돌려 마시고

자욱한 연기 속 포장마차 나서면

어깨를 끼고 비틀비틀

일렬횡대로 서 담벽에 오줌 깔기고

씨팔, 내일도 휴일특근 나온다며

리어카 장수 떨이쳐 딸기 천 원어치씩

옆주머니에 꿰차고

작별의 손 흔들며 잔업 없는 오늘만은

두둥실 토요일 밤을 흥얼거리며

아내가 기다리는 집을 향한다

가리봉 시장

가리봉 시장에 밤이 깊으면
가게마다 내걸어 놓은 백열전등 불빛 아래
오가는 사람들의 상기된 얼굴마다
따스한 열기가 오른다

긴 노동 속에 갇혀 있던
우리는 자유로운 새가 되어
이리 기웃 저리 기웃 깔깔거리고
껀수 찾는 어깨들도 뿌리뽑힌 전과자도
몸 부벼 살아가는 술집여자들도
눈을 빛내며 열이 오른다

돈이 생기면 제일 먼저 가리봉 시장을 찾아
친한 친구랑 떡볶이 500원어치, 김밥 한 접시,
기분 나면 살짝이 생맥주 한 잔이면
스테이크 잡수시는 사장님 배만큼 든든하고
천오백 원짜리 티샤쓰 색깔만 고우면

친구들은 환한 내 얼굴이 귀티 난다고 한다

하루 14시간
손발이 퉁퉁 붓도록
유명브랜드 비싼 옷을 만들어도
고급오디오 조립을 해도
우리 몫은 없어,
우리 손으로 만들고도 엄두도 못 내
가리봉 시장으로 몰려와
하청공장에서 막 뽑아낸 싸구려 상품을
눈부시게 구경하며
이번 달엔 큰맘 먹고 물색 원피스나
한 벌 사야겠다고 다짐을 한다

앞판 시다 명지는 이번 월급 타면
켄터키치킨 한 접시 먹으면 소원이 없겠다 하고
마무리 때리는 정이는 2,800원짜리

이쁜 샌달 하나 보아둔 게 있다며
잔업 없는 날 시장 가자고 손을 꼽는다

가리봉 시장에 밤이 익으면,
피가 마르게 온 정성으로
만든 제품을
화려한 백화점으로,
물 건너 코 큰 나라로 보내고 난
허기지고 지친
우리 공돌이 공순이들이
싸구려 상품을 샘나게 찍어 두며
300원어치 순대 한 접시로 허기를 달래고
이리 기웃 저리 기웃
구경만 하다가
허탈하게 귀갓길로
발길을 돌린다

지문을 부른다

진눈깨비 속을
웅크려 헤쳐 나가며 작업시간에
가끔 이렇게 일 보러 나오면
참말 좋겠다고 웃음 나누며
우리는 동회로 들어선다

초라한 스물아홉 사내의
사진 껍질을 벗기며
가리봉동 공단에 묻힌 지가
어언 육 년, 세월은 밤낮으로 흘러
뜻도 없이 죽음처럼 노동 속에 흘러
한 번쯤은 똑같은 국민임을 확인하며
주민등록 경신을 한다

평생토록 죄진 적 없이
이 손으로 우리 식구 먹여 살리고
수출품을 생산해 온

검고 투박한 자랑스런 손을 들어

지문을 찍는다

아

없어, 선명하게

없어,

노동 속에 문드러져

너와 나 사람마다 다르다는

지문이 나오지를 않아

없어, 정형도 이형도 문형도

사라져 버렸어

임석경찰은 화를 내도

긴 노동 속에

물 건너간 수출품 속에 묻혀

지문도, 청춘도, 존재마저

사라져 버렸나 봐

몇 번이고 찍어 보다

끝내 지문이 나오지 않는 화공약품 공장
아가씨들은 끝내 울음이 북받치고
줄지어 나오는, 지문 나오지 않는 사람들끼리
우리는 존재조차 없어
강도질해도 흔적도 남지 않을 거라며
정형이 농지껄여도
더 이상 아무도 웃지 않는다

지문 없는 우리들은
얼어붙은 침묵으로
똑같은 국민임을 되뇌이며
파편으로 내리꽂히는 진눈깨비 속을 헤쳐
공단 속으로 묻혀져 간다
선명하게 되살아날
지문을 부르며
노동자의 푸르른 생명을 부르며
되살아날

너와 나의 존재
노동자의 새봄을
부르며 부르며
진눈깨비 속으로,
타오르는 갈망으로 간다

영어회화

우리 오매 일찍이 홀몸으로
논 서 마지기 농약 뿌리다
허연 두 눈 치뜨고 돌아가시고
두견이 피 토하는 울음을 뒤로
서울로 캄캄하게 떠나올 제에
누나 따라간다며 숙모 손을 뿌리치고
치맛자락 매달리던 코흘리개 영석이가
어느새 중학생이 되어
영어회화 듣기평가 시험에
카세트 테이프가 없어서
잘사는 집 애들보다 점수가 뒤진다며
자정이 넘도록 영어책을 읽다가
잠꼬대로까지 중얼거린다

누나는 미국 전자회사
공순이가 되었어도
세컨라인 리더가 되어

QC활동에 목이 붓도록
칼처럼 곤두세워 오버타임을 더 해도
다음 달엔 우리 영석이
카세트랑 테이프는 꼭 사서 주마
잔업 끝난 자정거리 휘청거려 오면
하지 말라 화를 내고 다짐을 해도
영석이는 서툰 솜씨로 밥을 지어 차려 놓고
낭랑하게 꼬부라진
영어회화 공부를 한다

누나는 못 배워서
무식한 공순이지만
영석이 너만은 공부 잘해서
꼭 꼭 훌륭한 사람 되거라
하지만 영석아
남 위에 올라서서
피눈물 흘리게 하지는 말아라

네가 영어공부에 열중할 때마다
누나는 노조에서 배운
우리나라 역사가 생각난다
부유층 아들딸들이 유치원서부터
영어회화 교육에다
외국인 학교 나가고
중학생인 네가 잠꼬대로까지
영어회화 중얼거리고
거리 간판이나 상표까지
꼬부랑 글씨 천지인데
테레비나 라디오에서도
영어회화쯤 매끈하게 굴릴 수 있어야
세련되고 교양 있는 현대인이라는데
무식한 공순이 누나는
미국 전자회사 세컨라인 리더 누나는
자꾸만 자꾸만 노조에서 배운
우리나라 역사가 생각난다

말도, 글도, 성도, 혼도 빼앗아 가고
논도, 밭도, 식량도, 생산물까지
마침내 노동자의 생명까지도
차근차근 침략하던 일제하

　　조선어 말살

　　생각이 난다

미국 전자회사 세컨라인 리더 누나는
컨베이어 벨트에 밀려드는 부품에
QC 활동에 칼처럼 곤두설수록

조선어 말살
생각이 난다

썩으러 가는 길
──── 군대 가는 후배에게 ────

열여섯 앳된 얼굴로
공장문을 들어선 지 5년 세월을
밤낮으로 기계에 매달려
잘 먹지도 잘 놀지도 남은 것 하나 없이
설운 기름밥에 몸부림하던 그대가
싸나이로 태어나서 이제 군대를 가는구나
한참 좋은 청춘을 썩으러 가는구나

굵은 눈물 흘리며
떠나가는 그대에게
이 못난 선배는 줄 것이 없다
쓴 소주 이별 잔밖에는 줄 것이 없다
하지만 철수야
그대는 썩으러 가는 것이 아니다
푸른 제복에 갇힌 3년 세월 어느 하루도
헛되이 버릴 수 없는 고귀한 삶이다

그대는 군에서도 열심히 살아라
행정반이나 편안한 보직을 탐내지 말고
동료들 속에서도 열외 치지 말아라
똑같이 군복 입고 똑같이 짬밥 먹고
똑같이 땀 흘리는 군대생활 속에서도
많이 배우고 가진 놈들의 치사한 처세 앞에
오직 성실성과 부지런한 노동으로만
당당하게 인정을 받아라

빗자루 한 번 더 들고
식기 한 개 더 닦고
작업할 땐 열심으로
까라면 까고 뽑으라면 뽑고
요령 피우지 말고 적극적으로 살아라
고참들의 횡포나 윗동기의 한따까리가
억울할지 몰라도

혼자서만 헛고생한다고 회의할지 몰라도
세월 가면 그대도 고참이 되는 것,
차라리 저임금에 노동을 팔며
갈수록 늘어나는 잔업에 바둥치는 이놈의 사회보단
평등하게 돌고 도는 군대생활이
오히려 공평하고 깨끗하지 않으냐
그 속에서 비굴을 넘어선 인종을 배우고
공동을 위해 다 함께 땀 흘리는 참된 노동을 배워라

몸으로 움직이는 실천적 사랑과
궂은일 마다않는 희생정신으로
그대는 좋은 벗들을 찾고 만들어라
돈과 학벌과 빽줄로 판가름나는 사회 속에서
똑같이 쓰라린 상처 입은 벗들끼리
오직 성실과 부지런한 노동만이
진실하고 소중한 가치임을 온몸으로 일깨워
끈끈한 협동 속에 하나가 되는 또 다른 그대,

좋은 벗들을 얻어라

걸진 웃음 속에 모험과 호기를 펼치고
유격과 행군과 한따까리 속에 깡다구를 기르고
명령의 진위를 분별하여 행하는 용기와
쫄따구를 감싸 주는 포용력을 넓혀라
시간 나면 읽고 생각하고 반성하며
열심히 학습하거라
달빛 쏟아지는 적막한 초소 아래서
분단의 비극을 깊이깊이 새기거라

그대는 울면서
군대 3년을 썩으러 가는구나
썩어 다시 꽃망울로
돌아올 날까지
열심히 썩어라

이 못난 선배도 그대도 벗들도
눈부신 꽃망울로 피어나
온 세상을 환히 뒤흔들 때까지
우리 모두 함께
열심히 썩자
그리하여 달궈지고 다듬어진
튼실한 일꾼으로
노동과 실천과 협동성이
생활 속에 배인 좋은 벗들과 함께
빛나는 얼굴로
우리 품에 돌아오라

철수야 눈물을 닦아라
노동자의 끈질긴 생명력으로
열심히 열심히
잘 썩어야 한다

남성편력기

시다 시절
훤칠한 미남에다
눈매와 뒷모습이 사슴처럼 쓸쓸해 뵈는
검사반 진수가 좋아
밤늦도록 그 가을을 함께 걸었지만
갈수록 내 가슴은 마른 낙엽이었지

미싱사가 되어
미치게 배우고 싶어
셋집 주인네 친절한 대학생을 사모하여
지친 몸으로 새벽까지 책을 읽어도
그와 나 사이엔 메울 수 없는
깊은 강이 흐르고 있었다

조장이 되어
돈 잘 쓰고 세련미가 멋져
지시할 때 위엄 있고 인간미 넘치는 김과장이 좋아

경양식집 조명불빛 아래 웃음 지어 봤지만
허망한 한 잔 맥주 거품이었지

내 불안한 존재를 듬직하게 안아 줄
남자답고 야성적인 정열이와의 겨울은
상처 입은 고목처럼 거친 아픔이었다

반장이 되었을 때
동갑내기들이 결혼에 들뜨고
성실하고 가정적인 영훈씨와의 사랑도
제 한 몸밖에 모르는 이기와 독선에 질려
갈 테면 가라고 떠나 보냈지

미싱밥 8년에
백여 명이던 회사가 천오백 명으로
대회사로 늘어났으나
내게 남은 것은 50만 원짜리 월세 한 칸

월부 카세트 하나
그리고 진이 빠진 스물다섯 육신

토닥거리는 주임의 격려와 부장님의 회식이 있고 나면
어김없이 조여드는 생산량에
미싱사 시다를 달달 볶으며
정신없이 밟아 대고 악을 쓰다가
잔업 끝난 밤거리를 천근 무게로 지쳐 가면서
이래서는 안 된다
이것이 아니다
이를 깨물며 다짐해 본다

점심 후 재단반에 바람이 일어
2년째 얼어붙은 임금 50% 인상하라
주저앉아 제끼고
국만이는 나를 붙들고
단결하면 이길 수 있다고, 더 이상 이용당하지 말자고

눈을 빛내면서 설득을 한다

나의 두 눈에 눈물이 맺히고
우리는 현장을 돌며
메마른 가슴들을 한 덩어리로
뜨겁게 일으켜 세워
전쟁터 같은 현장은 일시에 긴장된 침묵만이 감돌고
허둥대며 퍼렇게 고함치는 주임 부장의 발악에도
내 가슴은 난생처음 평온한 대지가 되어
생명의 죽순이 파랗게 기운차 오른다

연약하고 우스갯소리만 잘하는 줄 알았던 국만이가
저렇듯 동료들의 깊은 신뢰 속에
확실한 주관과 실천력이 있음이
가진 사장보다 더 당당한 용기와 뚜렷한 소신으로
희생을 각오한 큰 사랑을 키워 가고 있음이
3일간의 싸움 속에서

뜨거운 감명으로 충만되어 젖어 온다

참다운 남자란 이런 남자라고
일생을 함께하며 내 모든 것을 다 주어도
기쁨으로 살아날 진짜 남자라고
어떤 고난도 함께 싸워나가리라고
두근거리는 가슴을 안으며
활시위처럼 팽팽하게
나를 가다듬는다

모를 이야기들

갈수록 수출이 어려워지고
나라 빚이 세계에서 세 번째라는데
소비를 억제하고 저축을 하자는데
물가를 꼭 붙들어야 한다는데
잔업에 지쳐 온 나에게
테레비에선 예쁜 여자가
VTR, 오디오, 에어컨을 광고하며
최소한 칼라TV에 냉장고 세탁기는
필수품이라고, 요염한 미소를 던지며
차원 있게 먹고 입고 쓰라고 한다

10분간의 휴식시간에
우리는 옹기종기 담배를 나누며
요즘 세상사가 뭐가 뭔지 모르겠다며
하여튼 노동자만 점점 죽어난다고 탄식한다
정말 뭐가 뭔지 모르겠다
나라 형편이 이리도 어려운데

농토 메꾼 골프장엔 대낮에도 자가용이 가득 차고
콘도미니엄이 불티나고 유명브랜드 로열티가 늘어나고
고급 중형 승용차는 생산이 딸리고
사우나 안마소가, 호텔이 곳곳에 솟아나고
고급 요정 요릿집이 불야성을 이루고
수십억 들여 세계 미인대회, 가요제, 운동경기 유치하고
정말 이래도 되는 건지 겁만 난다

신문에선 물가가 제자리 숫자라는데
주인네는 셋돈을 올려 달라 하고
공공요금 고지서가 무거워만 가고
아내는 시장에 다녀올 때마다
가벼워진 바구니를 들며 울상이다
임금동결 정책에 넋을 잃다가
매주 4시간을 더 연장노동해도
적자가계부를 들여다보며
아내는 어두운 한숨이 늘고

프로야구장엔 환호가 일고
프로축구장엔 열기가 뜨겁고
우린 정말 뭐가 뭔지 모르겠다

높은 외국 나리들이 줄지어 방한하여
번영과 발전상에 감탄을 하고
국민소득이 늘고 대기업이 더 커지고
호화로운 빌딩이 줄지어 서고
88올림픽이 온 세계를 부르고
정의로운 복지사회가 정착되었다는데
우리는 임금동결에 묶여
날이 갈수록 노동시간만 늘어나고
후들거리는 몸을 가눠
캄캄한 번영의 뒤안길을
떨며 무겁게 지쳐서 간다
──대학생들은 민주주의를 부르짖고,
　　옆 회사 동료는 숨죽여 속삭이며

민주노조 소문을 전하고——

통 박

어느 놈이 커피 한 잔 산다 할 때는
뭔가 바라는 게 있다는 걸 안다

고상하신 양반이
부드러운 미소로 내 등을 두드릴 땐
내게 무얼 원하는지 안다

별스런 대우와 칭찬에
허릴 굽신이며 감격해도
저들이 내게 무얼 노리는지 안다

우리들이 일어설 때
노사협조를 되뇌이며 물러서는
저 인자한 웃음 뒤의 음모와 칼날을
우리는 안다

유식하고 높은 양반들만이 지혜로운 것은 아니다

일찍이 세상바닥 뒹굴며
눈칫밥을 익히며 헤아릴 수 없는 배신과 패배 속에
세상 살아가는 통박이 생기드만

세상엔 빡빡 기는 놈들 위에서
신선처럼 너울너울 나는 놈 따로 있어
날개 없이 기름바닥 기는 우리야
움츠리며 통박을 굴리며 살아가지만
통박이 구르다 보면
통박끼리 구르고 합쳐지다 보면
거대한 통박이 된다고

좆도 배운 것 없어도
돈날개 칼날개 달고 설치는 놈들이 무엇인지
이놈의 세상이 어찌 된 세상인지
누구를 위한 세상인지
우리들 거대한 통박으로 안다

쓰라린 눈물과 억압과 패배 속에서
거대한 통박으로 구르고 부딪치고 합치면서
우리들의 통박은
점점 날카롭고 명확하게
가다듬어지는 것이다

우리들의 통박이 거대한 통박으로,
하나의 통박으로 뭉쳐지면서
노동하는 우리들의 새날을 향하여
이놈의 세상을 굴려갈 것이다

2

노동의 새벽

바겐세일

오늘도 공단거리 찾아 헤맨다마는
검붉은 노을이 서울 하늘 뒤덮을 때까지
찾아 헤맨다마는
없구나 없구나
스물일곱 이 한목숨
밥 벌 자리 하나 없구나

토큰 한 개 달랑, 포장마차 막소주잔에 가슴 적시고
뿌리 없는 웃음 흐르는 아스팔트 위를
반짝이는 조명불빛 사이로
허청허청
실업자로 걷는구나

10년 걸려 목메인 기름밥에
나의 노동은 일당 4,000원
오색영롱한 쇼윈도엔 온통 바겐세일 나붙고
지하도 옷장수 500원짜리 쉰 목청이 잦아들고

내 손목 이끄는 밤꽃의 하이얀 미소도
50% 바겐세일이구나

에라 씨팔,
나도 바겐세일이다
3,500원도 좋고 3,000원도 좋으니 팔려가라
바겐세일로 바겐세일로
다만,
내 이 슬픔도 절망도 분노까지 함께 사야 돼!

시다의 꿈

긴 공장의 밤
시린 어깨 위로
피로가 한파처럼 몰려온다

드르륵 득득
미싱을 타고, 꿈결 같은 미싱을 타고
두 알의 타이밍으로 철야를 버티는
시다의 언 손으로
장밋빛 꿈을 잘라
이룰 수 없는 헛된 꿈을 싹둑 잘라
피 흐르는 가죽본을 미싱대에 올린다
끝도 없이 올린다

아직은 시다
미싱대에 오르고 싶다
미싱을 타고
장군처럼 당당한 얼굴로 미싱을 타고

언 몸뚱아리 감싸 줄
따스한 옷을 만들고 싶다
찢겨진 살림을 깁고 싶다

떨려오는 온몸을 소름 치며
가위질 망치질로 다림질하는
아직은 시다,
미싱을 타고 미싱을 타고
갈라진 세상 모오든 것들을
하나로 연결하고 싶은
시다의 꿈으로
찬바람 치는 공단거리를
허청이며 내달리는
왜소한 시다의 몸짓
파리한 이마 위으로
새벽별 빛나다

봄

허기진 배를 쓸며
오전 내 기다린 점심시간이면
공장뜰 귀퉁이에도 봄볕이 따사롭다

아직 시려운 시멘트벽에 어깨를 기대고
배불러 이야기 많은 아이들 속에서
사르르 졸리운 눈을 들면
가물가물 피어오르는 아지랑이처럼
고향집 그리운 추억이 흔들린다

못 먹고 부친 돈으로 빚은 얼마나 갚았을까
주름진 어머님의 손등, 고랑 깊은 아버지의 검게 탄 얼굴
철없이 보채고 웃고 싸울 동생들의 모습이
진달래 꽃잎처럼 선연하다

독한 추위도 독한 고생도 그보다 더 독하게 이 악물며
겨우내 많이도 기다린 이 봄,

거리에 나서면

봄빛 고운 새 옷도 입고 싶고

싫도록 배불리 맛난 것 먹고 싶지만

착하게 성실하게 모든 것을 견뎌 보겠노라

꼬옥 입술 깨물 때

때르르르릉——

오후 작업벨 소리에 빨려가는

숙이의 종종걸음을

봄바람이 살랑 띄우고 간다

졸 음

선적날짜가 다가오면
백리길 천리길도 쉬임없이 몰아치는
강행군이 시작된다
어차피 하지 말라 해도
올라간 방세를 메꾸려면
아파서 밀린 곗돈을 때우려면
주 78시간이건, 84시간은 먹어치워야 한다

전생에 일 못하고 잠 못 잔 귀신이 씌웠나
꼬집어도 찔러도 혀를 깨물어도
고된 피로의 바다 졸음의 물결에
꼴까닥 꼴까닥
눈앞에는 프레스의 허연 칼날이 쓰을컹 툭탁
미싱 때려 밟는 순정이는
눈감고도 죽죽 누비는 자동기계가 되어
망치질하는 어린 시다
깨어진 손을 감싸 울면서도

눈이 감긴다

작업장 스피커에선
마이클 잭슨의 괴성,
조용필의 흐느낌이 지침 없이 흘러나오고
주임 과장이 악을 써대도
졸음은 밑도 끝도 없이 휘감아들어
차라리 차라리 우린
자동기계가 되었으면,
잠 안 자는 짐승이 되기를 원하며
피 흐르는 손가락을 묶는다

아침에도 대낮에도 밤중에도
단 한 순간 맑은 날이 없이
미치게 미치게 졸려,
꿈결 속에 노동하며 아직 성하게
용케도 붙어 있는 내 두 손이 고맙구나

시커먼 무우짠지처럼

피로와 졸음에 절여진 스물일곱 청춘,

그래도 아침이면 코피 쏟으며 일어나

졸음보다 더 굵다란

저임금의 포승줄에 끌려

햇살도 찬란한 번영의 새 아침을

졸며 절며

지옥 같은 전쟁터

저주스러운 기계 앞에

꿇어앉는다

휴일특근

4시간 연장노동 끝에
서둘러 밥차를 타고
어둔 골목길을 더듬어 방문을 들어서면
귀염둥이 민주는 벌써 꿈나라 아기별이 되었다

일주일째 아빠 얼굴을 못 보더니,
오늘 저녁엔 꼬옥 아빠를 보고 잔다고
색칠놀이 그림 그리기로 잠을 쫓기에
내일은 일요일이라 아빠랑 놀러 가자고 달래 재웠다며
아내는 엷게 웃는다

올해도 임금은 오르지 않고
주인네는 전셋돈을 50만 원은 더 올려 달라 하고
이번 달엔 어머님 제사가 있고
다음 달엔 명선이 결혼식이고
내년엔 우리 민주 유치원도 보내야 한다

이대로 세 몸뚱아리 아프지만 않는다면
김치에 밥만 먹고 아무 일만 없다면
매주 78시간 꾸준히 버텨 나간다면
열 달 남은 100만 원짜리 계는 끝낼 수 있으련만
올봄 들어 유난히 심해진 현기증에
외줄을 타는 듯 불안하다

벽에 걸린 달력을 보며
빨간 숫자는 아빠 쉬는 날이라고
민주는 크레용으로 이번 달에 6개나
동그라미를 그려 놓았다

민주야
저 달력의 빨간 숫자는
아빠의 휴일이 아니란다
배부르고 능력 있는 양반들의 휴일이지
곤히 잠든 민주야

너만은 훌륭하게 키우려고
네가 손꼽아 기다리며 동그라미 쳐논
빨간 휴일날 아빠는 특근을 간다
발걸음도 무거운 창백한 얼굴로
화창한 신록의 휴일을 비켜
특근을 간다

선진조국 노동자
민주 아빠는
저임금의 올가미에 모가지가 매여서
빨간 휴일날
누렇게 누렇게 찌들은 소처럼
휴일특근을 간다 민주야

손 무덤

올 어린이날만은
안사람과 아들놈 손목 잡고
어린이 대공원에라도 가야겠다며
은하수를 빨며 웃던 정형의
손목이 날아갔다

작업복을 입었다고
사장님 그라나다 승용차도
공장장님 로얄살롱도
부장님 스텔라도 태워 주지 않아
한참 피를 흘린 후에
타이탄 짐칸에 앉아 병원을 갔다

기계 사이에 끼어 아직 팔딱거리는 손을
기름 먹은 장갑 속에서 꺼내어
36년 한 많은 노동자의 손을 보며 말을 잊는다

비닐봉지에 싼 손을 품에 넣고
봉천동 산동네 정형 집을 찾아
서글한 눈매의 그의 아내와 초롱한 아들놈을 보며
차마 손만은 꺼내 주질 못하였다

훤한 대낮에 산동네 구멍가게 주저앉아 쇠주병을 비우고
정형이 부탁한 산재 관계 책을 찾아
종로의 크다는 책방을 둘러봐도
엠병할, 산데미 같은 책들 중에
노동자가 읽을 책은 두 눈 까뒤집어도 없고

화창한 봄날 오후의 종로거리엔
세련된 남녀들이 화사한 봄빛으로 흘러가고
영화에서 본 미국 상가처럼
외국상표 찍힌 왼갖 좋은 것들이 휘황하여
작업화를 신은 내가
마치 탈출한 죄수처럼 쫄드만

고층 사우나 빌딩 앞엔 자가용이 즐비하고
고급 요정 살롱 앞에도 승용차가 가득하고
거대한 백화점이 넘쳐흐르고
프로야구장엔 함성이 일고
노동자들이 칼처럼 곤두세워 좆 빠져라 일할 시간에
느긋하게 즐기는 년놈들이 왜 이리 많은지
——원하는 것은 무엇이든 얻을 수 있고
    바라는 것은 무엇이든 이룰 수 있는——
선진조국의 종로거리를
나는 ET가 되어
얼나간 미친놈처럼 헤매이다
일당 4,800원짜리 노동자로 돌아와
연장노동 도장을 찍는다

내 품속의 정형 손은
싸늘히 식어 푸르뎅뎅하고
우리는 손을 소주에 씻어 들고

양지바른 공장 담벼락 밑에 묻는다
노동자의 피땀 위에서
번영의 조국을 향락하는 누런 착취의 손들을
일 안 하고 놀고먹는 하얀 손들을
묻는다
프레스로 싹둑싹둑 짓짤라
원한의 눈물로 묻는다
일하는 손들이
기쁨의 손짓으로 살아날 때까지
묻고 또 묻는다

어쩌면

어쩌면 나는 기계인지도 몰라
컨베이어에 밀려오는 부품을
정신없이 납땜하다 보면
수천 번이고 로버트처럼 반복동작하는
나는 기계가 되어 버렸는지도 몰라

어쩌면 우리는 양계장 닭인지도 몰라
라인마다 쪼로록 일렬로 앉아
희끄무레한 불빛 아래 속도에 따라 손을 놀리고
빠른 음악을 틀어 주면 알을 더 많이 낳는
양계장 닭인지도 몰라
진이 빠져 더 이상 알을 못 낳으면
폐닭이 되어 켄터키치킨이 되는
양계장 닭인지도 몰라

늘씬한 정순이는 이렇게 살아 무엇하냐며
맥주홀로 울며 떠나고

영남이는 위장병에 피로워하다
한 마리 폐닭이 되어 황폐한 고향으로 떠난다
3년 내내 아귀차게 이 악물며 야간학교 마친 재심이는
경리 자리라도 알아보다가 졸업장을 찢으며 주저앉는다
어쩌면 우리는 멍에 쓴 짐승인지도 몰라

저들은,
알 빼먹는 저들은
어쩌면 날강도인지도 몰라
인간을 기계로
　　　　소모품으로
　　　　상품으로 만들어 버리는
점잖고 합법적인 날강도인지도 몰라

저 자상한 미소도
세련된 아름다움과 교양도
부유하고 찬란한 광휘도

어쩌면 우리 것인지도 몰라

우리들의 피눈물과 절망과 고통 위에서

우리들의 웃음과 아름다움과 빛을

송두리째 빨아먹는

어쩌면 저들은 흡혈귀인지도 몰라

당신을 버릴 때

첫사랑의 소박한 그녀를
내가 겉멋 들어 버렸을 때
희뿌연 가로등 아래서
그녀는 잡지도 않고 말 한마디 없이
굵은 눈물 흘리며 천천히 기숙사로 돌아갔다

내가 세상을 알았을 때
소박하고 진실한 그녀는
저만큼 앞서 해고자가 되어
또다시 어느 현장에 몸을 담고
어리석은 나를
조용히 미소 지으며 손짓하고 있었다

2년을 바둥쳐 봐도 얼어붙은 이 침묵
잠들은 동료들을 병신이라 원망하고
자포자기한 동료들을 흔들어 봐도
움직이지 않는 죽음의 바다 앞에서

몸도 마음도 지쳐 버렸다

십 년을 노력해도 가망 없다고
차라리 다른 곳에 씨를 뿌리자고
사직서를 품에 넣고 출근한 아침
웅성웅성 동료들은 일손을 놓고
눈과 눈을 마주쳐 불꽃이 일고
말과 가슴이 합쳐져 함성으로
처얼썩 출렁 파도쳐
천이백 근육들의 출렁임으로
거대한 해일처럼 휩쓸며
일어서던 날,

내가 눈이 어두워
그녀를 버린 것처럼
나는 형제를 믿지 못하였었다

우리는 기계가 아닌 인간임을
억눌리고 빼앗기는 노동자임을
견디다 못해 일어서면 해일이 되는
무겁고 깊은 바다임을
나는 매몰 속에서
섣부른 머리와 조급함으로
지루함을 이기지 못하고
형제를 버리려 했었다

숨죽인 바다는
마침내 해일이 되는 것을,
굳센 믿음으로 옳은 실천으로
끈질긴 집념으로
서둘지 말자
그러나 쉬지도 말자

진짜 노동자

한세상 살면서
뼈 빠지게 노동하면서
아득바득 조출철야 매달려도
돌아오는 건 쥐씨알만한지

죽어라 생산하는 놈
인간답게 좀 살라꼬 몸부림쳐도
죽어랏 쇳가루만 날아들고 콱콱 막히고
꼴프채 비껴찬 신선놀음허는 놈들
불도쟈처럼 정력 좋은 이윤추구에는 비까번쩍 애국갈채
제미랄 세상사가 왜 이리 불평등한지

이 땅에 노동자로 태어나서
생각도 못 하고 사는 놈은 죽은 송장이여
말도 못 하는 놈은 썩은 괴기여
테레비만 좋아라 믿는 놈은 얼빠진 놈
이빨만 까는 놈은 좆도 헛물

실천하는 사람,
동료들 속에서 살아 움직이며 실천하는 노동자만이
진실로 인간이제
진짜 노동자이제

비암이라고 다 비암이 아니여
독이 있어야 비암이지
쎈방이라고 다 쎈방이 아녀
바이트가 달려야 쎈방이지
노동자라고 다 노동자가 아니제
동료와 어깨를 꼭 끼고 성큼성큼 나아가
불도쟈 밀어제껴 우리 것 찾아 담는
포크레인 삽날 정도는 되아야
진짜 노동자지

평온한 저녁을 위하여

나면서부터인가
노동자가 된 후부터인가
내 영혼은 불안하다

새벽잠을 깨면
또다시 시작될 하루의 노동
거대한 기계의 매정한 회전
주임놈의 차가운 낯짝이
어둠처럼 덮쳐 오고
아마도 내가 자살한다면
새벽일 거야

잔업 끝난 늦은 귀갓길
산다는 것, 노동자로 산다는 것의
깊은 불안이 또다시 나를 감싼다

화창한 일요일

가족들과 오붓한 저녁상의 웃음 속에서도
보장 없는 내일에
짙은 불안이 엄습해 온다

이 세상에 태어나
죄진 적도 없고
노예살이 머슴살이하는 것도 아닌데
풍요로운 웃음이 하늘에 닿는
안정과 번영의 대한민국 땅에서
떳떳하게 생산하며 살아가는데
왜 이리 종놈처럼 불안한 세상살이인가

믿을 거라곤 이 근육덩어리 하나
착한 아내와 귀여운 딸내미
기만 원짜리 전세 한 칸뿐인데
괴롭기만 한 긴 노동
쪼개고 안 먹고 안 입어도

남는 것 하나 없이 물거품처럼
이러다간 언제 쓰러질지 몰라

상쾌한 아침을 맞아
즐겁게 땀 흘려 노동하고
뉘엿한 석양녘
동료들과 웃음 터뜨리며 공장문을 나서
조촐한 밥상을 마주하는
평온한 저녁을 가질 수는 없는가

떳떳하게 노동하며
평온한 저녁을 갖고 싶은 우리의 꿈을
그 누가 짓밟는가
그 무엇이 우리를 불안케 하는가
불안 속에 살아온 지난 30년을
이제는,
평온한 저녁을 위하여

평온한 미래를 위하여
결코 평온할 수 없는
노동자의 대도大道를 따라
불안의 한가운데로 휘저으며
당당하게 당당하게
나아가리라

노동의 새벽

전쟁 같은 밤일을 마치고 난
새벽 쓰린 가슴 위로
차거운 소주를 붓는다
아
이러다간 오래 못 가지
이러다간 끝내 못 가지

설은 세 그릇 짬밥으로
기름투성이 체력전을
전력을 다 짜내어 바둥치는
이 전쟁 같은 노동일을
오래 못 가도
끝내 못 가도
어쩔 수 없지

탈출할 수만 있다면,
진이 빠져, 허깨비 같은

스물아홉의 내 운명을 날아 빠질 수만 있다면
아 그러나
어쩔 수 없지 어쩔 수 없지
죽음이 아니라면 어쩔 수 없지
이 질긴 목숨을,
가난의 멍에를,
이 운명을 어쩔 수 없지

늘어 처진 육신에
또다시 다가올 내일의 노동을 위하여
새벽 쓰린 가슴 위로
차거운 소주를 붓는다
소주보다 독한 깡다구를 오기를
분노와 슬픔을 붓는다

어쩔 수 없는 이 절망의 벽을
기어코 깨뜨려 솟구칠

거치른 땀방울, 피눈물 속에

새근새근 숨 쉬며 자라는

우리들의 사랑

우리들의 분노

우리들의 희망과 단결을 위해

새벽 쓰린 가슴 위로

차거운 소주잔을

돌리며 돌리며 붓는다

노동자의 햇새벽이

솟아오를 때까지

어쩔 수 없지

기름기 없는 설은 세 끼가
뼈다귀까지 녹신한 이 노동일이
내 육신을 골병들게 한다는 걸
나이 들수록 휘청이면서도
어쩔 수 없다

올겨울 들어 세 번째 연탄까스 중독으로
찬 새벽 마당에 엎으러져도
이 셋방살이를 어쩔 수 없다

작업장 소음진동에 가는 귀가 먹고
자욱한 먼지에 폐가 콜콜거려도
어쩔 수 없다

열한 명째 사고가 나고
라면 안주에 소주잔 들고 조용필을 잘 뽑아대던
김씨가 죽던 날도

이젠 떠야겠다고
암만 다짐해 봐도
이 업을 어쩔 수 없다 어쩔 수 없다

그래, 어쩔 수 없다
골병이 들어도 손이 잘려도 죽기까지라도
이 가난을, 노동일을
모진 목숨을 위해선 어쩔 수 없다

산다는 것은
죽어라 일하고 토끼잠에 쫓기고 기름빨래 하고
셋방살이로 떨며
불안과 탄식 속에 사그러드는 것
그래도 우리는 어쩔 수 없다

하늘 같은 사람들은 더 높이 신선이 되고
우리는 점점 작아져도

어쩔 수가, 어쩔 수가 없다

그러나 우리도 사람으로 살기 위해선
어찌할 수 없기에
출렁 처얼썩 파도가 합쳐져
일순간 천지를 뒤엎는
폭풍으로 휘달려올
우리 것 찾는
저 거대한 걸음을, 함성을
어쩔 수 없지
어쩔 수 없지

석 양

저 산 넘어 지는 해가
뿌연 유리창으로 붉은 손을 내밀어
눈부시어라 미싱 바늘
자욱이 어른거려 눈 비비며
생산목표 헤아리며
등줄기에 땀이 괴도록 밟는다

오늘은 밀린 빨래, 쌓인 피로
한자공부도 다 제쳐 놓고
연락만 기다린다는 고향친구를 만나
부모님 소식 고향 소식 들으며
회포를 풀어 보자고 열나게
열나게 밟았는데
—— 수작 부리지 말고 쓰러지지 않을 지경이면
　　　잔업 하라고 해 ——
주임님의 고함 소리에 노을이
검붉게 탄다

조장언니 성화에

잔업명단 위에 이름이 박히고

아침부터 아프다던 시다 명지는

일감 따라 허덕이며 눈물이 어려

미싱 소리 망치 소리 가르며

라디오 스피커에선

──보람된 하루일과를 마치고 그윽한 한 잔의 커피
　　와 연인과의 대화 속에 포근한 휴식의 시간, 노을
　　도 아름답고 산들바람도 싱그러운 저녁입니다. 오
　　늘도 연예가 산책에 이어 프로야구 소식과 멋진
　　팝뮤직에 젖어 보세요. 먼저 정수라가 부릅니다.
　　아아 우리 대한민국──

이를 갈며,

졸립더라도 꼭 한 장씩 쓰고 자자던

한자공부도 며칠째 흐지부지

생일선물로 받은 소설책도 한 달을 넘긴 채

고향에 편지 쓴 지도 오래

무너지고 세우고 무너진 계획이
헤아릴 수 없어
꺼지는 한숨 속에
산다는 게 뭔지, 울분으로
드륵 드르륵 득득
밟아 댄다

석양은
마지막 검붉은 빛을 토하며
순이의 슬픔도 명지의 눈물도
정자의 울분도 어둠 속으로
무겁게 거두어 간다
그래, 어둠에서 어둠으로
끝없는 노동 속에 절망하고
쓰러지더라도 다시 일어서
슬픈 눈물로 기름 부어 타오르며
우리들 손에 손 맞잡고

사랑과 희망을 버리지 말자
우리 품에 안아야 할
포근한 석양빛의 휴식과 평화
우리들의 권리를 찾을 때까지
슬픔과 절망의 어둠 속에서
마주 잡은 손들을
놓치지 말자

3

새 땅을 위하여

사 랑

사랑은

슬픔, 가슴 미어지는 비애

사랑은 분노, 철저한 증오

사랑은 통곡, 피투성이의 몸부림

사랑은 갈라섬,

일치를 향한 확연한 갈라섬

사랑은 고통, 참혹한 고통

사랑은 실천, 구체적인 실천

사랑은 노동, 지루하고 괴로운 노동자의 길

사랑은 자기를 해체하는 것,

우리가 되어 역사 속에 녹아들어 소생하는 것

사랑은 잔인한 것, 냉혹한 결단

사랑은 투쟁, 무자비한 투쟁

사랑은 회오리,

온 바다와 산과 들과 하늘이 들고일어서

폭풍치고 번개 치며 포효하여 핏빛으로 새로이 나는 것

그리하여 마침내 사랑은
고요의 빛나는 바다
햇살 쏟아지는 파아란 하늘
이슬 머금은 푸른 대지 위에
생명 있는 모든 것들 하나이 되어
춤추며 노래하는 눈부신 새날의
위대한 잉태

바람이 돌더러

모래 위에 심은 꽃은
화창한 봄날에도 피지 않는다
대나무가 웅성대는 것은
바람이 불기 때문이다
갈대가 두 손 쳐들며 아우성치는 것도
바람이 휘몰아치는 까닭이다
돌멩이가 굴러 돌사태를 일으키는 것은
바람에 제 무게를 이기지 못함이다

대나무나 갈대나 돌멩이나
바람이 불기에 소리치는 것이다

우리는 조용히 살고 싶다
돌아오는 건 낙인찍힌 해고와 배고픔
몽둥이에 철창신세뿐인 줄 빤히 알면서
소리치며 나설 자 누가 있겠느냐
그대들은 우리더러

노동문제를 일으킨다 하지만
우린 돌처럼 풀처럼 조용히 살고 싶다
다만 모래밭의 메마른 뿌리를
기름진 땅을 향해 뻗어 가야겠다
우리도 봄날엔 소박한 꽃과 향기를 피우고 싶다
우리로 하여금 소리치게 하고
돌사태를 일으키게 하는 것은
바람이 드세게 몰아쳐
더 이상 견디지 못하기 때문이다

밥을 찾아

이런 밥,
부잣집 개라면 안 먹일 거야
기계라도 덜거덕 소리가 날 거야
우리들은 식사를 거부하고
마지막 지점,
옥상으로 모였다

바람마저 자그맣게 열리어 타오르는
심장을 얼리려는 듯 차가워
기대인 어깨로 서로의 체온을 나누며
우리가 누릴 수 있는 건 굶을 자유뿐이라고
낙엽 같은 웃음으로 배를 불렀다

거치른 얼굴들이 떨며
죽순처럼 일어설 때
구둣발 소리 당당하게
번질한 얼굴들이 무겁게 내리눌러

두려운 눈과 눈 마주하며
먹구름짱 걷어낼 햇살처럼 떳떳한
우리를 확인했다

바위 같은 우리를 누가 흔들까
내 손가락 잡아먹은
톱니바퀴보다 더 힘껏 얽힌
밥 찾는 우리를 누가 가를까

사장님은 우릴 가족처럼 대한다더니
삐삐 말릴 거냐!
쟁기질하는 소도 여물을 먹여야 일하는데
이 밥을 먹고 어찌 일해요!
중도반 3년 근무에
밥마다 피기침하는 영주가 울부짖고
당신네들 건강파잉은 우리의 곯은 육신이고
행복 어린 웃음은 일그러진 좌절과 슬픔이라고

누군가가 외칠 때
오! 당신들,
미끈한 혓바닥에 이젠 더 안 속아
경찰을 부른다 해도 이젠 더 못 참아
무식한 공순이 공돌이 기업 망친다
구속시킨다 해도
이제 더는 더는 물러설 수 없어

저들의 충견들이 몽둥이를 들 때
우리의 벗들은 피투성이가 되고
핏빛이 가슴가슴 저며 들어 비겁을 녹이고
눈망울에 불꽃이 튀어 솟아
열여섯 난 명이는 무섭다 울며
수수깡 같은 몸매를 내 야윈 품으로 안겨 오고
표창장을 태우고 모범사원을 태우고
일어섰다
우뚝우뚝 일어선 우리,

밤을 지새며 노동하고 생산하는
하늘 우러러 떳떳한 노동자의 자존으로
우리 밥 찾으러,
더는 물러설 수 없는 노동자의 걸음으로
두터운 벽을 박차고 나섰다
밥을 찾으러
우리 것 찾으러
당당하게 맞서 싸우며 울부짖는
오백의 함성이 공단하늘 메아리칠 때
양처럼 순한 표정으로 사정하는
저 숨겨진 발톱을,
저 웃음 뒤의 음모를 우리는 안다

마음까지 풍성한 밥을 놓고
자꾸만 흐르는 눈물
소주잔을 돌리며
지금부터다!

굳게 잡은 손목으로
빛나는 눈동자 마주할 때
눈보라 치는
꽁꽁 얼어붙은 땅 저편으로
다사로운 봄날은
무겁게 아프게 열리고 있었다

대 결

아늑한 사장실에서
책상을 마구 치며
노조를 포기하라고
개새끼들, 불순분자라고
길길이 날뛰는 저들의 머리 속은
기업주와 노동자는 사슴과 돼지처럼
결코 동등할 수 없다는
계급사상으로 굳건히 무장되어 있는지 모른다

묵묵히 일하고 시키는 대로 따르고
주는 대로 받고 성은에 감복하는 복종과 충직만이
산업평화와 안정된 사회를 이루는
훌륭한 노동자의 도리라고 생각할지 모르지만
인간이란
동등하게 존중하며 일치할 때 안정이 있고
민주적이고 평등하게 서로를 받쳐 줄 때
큰 힘이 나온다는 걸

우리는 체험으로 안다

돈과 무력과 권력을 전지전능한 하느님으로 믿는
봉건적이고 독재적인 저들과
온 세상 관계가 평등과 사랑으로 일치되어야 한다고 믿는
민주적으로 단결된 우리와의
이 팽팽한 대결

계급사상이 골수에 박힌 저들은
가진 자와 노동자는 사슴과 돼지처럼
별종으로 구분되기를 원할지 모르지만
그대들이 짓밟고 깨뜨릴수록
우린 더욱더 힘차게
인간으로
평등으로
민주주의로
통일로

솟구치는

갈수록 뜨겁게 달아오르는

이 숙명적인 대결을

어찌한단 말이냐

떠나가는 노래

어야디야
상여 같은 가슴 메고
나는 떠나네

하얀 꽃송이 촘촘한 백상여 속에
설움이 얼마, 잘린 손가락의 비명이 얼마
좀먹은 폐, 핏자욱 마르지 않은 영혼들 무거워
허청허청 어야디야
나는 떠나네

허한 눈망울로 매어달리는 벗들아
떠난다 우지 마소
우리가 만난 곳은
기름먼지 자욱한 작업장 구석
빗방울처럼 괴로워 나뒹구는
절망의 땅이어도
우리가 만나야 할 곳은

이런 곳이 아니네

우리가 나눈 것은
담배 몇 대, 철야시간 버티는 깡소주잔의 울분이어도
우리가 나눠야 할 것은 그런 것만이 아니네

늘어진 몸으로
쓴 담배연기 날릴 때
허공을 나는 새가 부러웠지

나는 한 마리 새처럼
아늑한 보금자리 찾아가는 것이 아니네

죽음의 연기 뿜어내는
저 거대한 굴뚝 속을
폭탄 품고 추락하는 새라네

어야디야
상여 같은 가슴 메고 나는 떠나네
어야디야
우리 다시 만나세
사랑 가득한
높낮이 없는 새 땅을 위하여
짓눌러진 육신,
갈라선 것들이 하나로 제 모습 찾는
싸움 속에서 다시 만나세

하얀 꽃송이 촘촘한
백상여 무거워
허청허청 울며 절며
나는 떠나네
어야디이야

떠다니냐

철새도 아닌데
뜬구름도 아닌데
일찍이 제 먹을 것 찾아
노오란 고향길 눈물 적시며
서울로 서울로 떠나왔제

철커덕 쇳소리가 귀에 익을 때쯤
세 끼 식권비와 매점 외상값 제하고 난
몇 푼 박봉이 나를 밀어
정들만 하면 시말서가 등을 떠밀어
이 공단 저 공장 떠밀려 다녔제

여기나 저기나 목메인 기름밥은 마찬가진데
한 곳에 정붙여 지긋이 있자 해도
왜 이리도 떠밀고 내차는 게 많으냐
이젠 옷가방 하나, 이불보따리 싸매 들고
벌건 대로를 죄인처럼 헤매이기엔 진절머리나,

낯설은 얼굴들과 냉대를 가슴에 안기엔
몸서리쳐지는데
또다시 떠나야 하나

눈을 들면 미소 짓는 달덩이 얼굴들
내 손때 묻은 기계를 잡고 열심히 일하고
일한 만큼 찾아들고, 사람대접 받는
그런 일터를 꿈꾸는데
아 이젠 떠날 수 없어
이젠 더 이상 떠다닐 순 없어
이리저리 뿌리째 떠밀려 다닌
지나온 세월은
지울 수 없는 상처뿐이야
설운 눈물의 밤뿐이야
곯은 육신뿐이야

또다시 나를 팽개치는

이따위 해고통지서에 꼬꾸라질 순 없어

철새도 아닌데, 뜬구름도 아닌데

이젠, 이젠 뿌리치고

내 발로 내 자릴 설 거야

당당하게 당당하게 맞서며

마땅히 찾아야 할 내 자리를 찾아서

이젠 다시 팽개쳐질 수 없는

꼬옥 마주 잡은

이 거칠고 여린,

뜨겁고 힘찬 손들을

결코 놓지 않을 거야

삼청교육대 I

서릿발 허옇게 곤두선
어둔 서울을 빠져 북방으로
완호로 씌운 군용트럭은 달리고 달려
공포에 질린 눈 숨죽인 호흡으로
앙상히 드러누운
아 3·8교!
살아 돌아올 수 있을까
살아 다시 3·8교를 건널 수 있을까
호령 소리 군화 발길질에 떨며
껍질을 벗기우고 머리털을 깎여
유격복과 통일화를 신고
얼어붙은 땅바닥을 좌로굴러 우로굴러
나는 삼청교육대 2기 5-134번이 된다

핏발 선 분노도 의리도 인정도
군홧발 개머리판에 작살나
제 한 몸 추스르지 못해 웃음 한 번 없이

깍지 끼고 땅을 기다 부러진 손가락
영하 20도의 땅바닥에서 동상 걸려 진물 흐르는 발바닥
얻어터져 성한 곳 하나 없는 마디마디
화장실에 쪼그려 앉아 벌건 피똥을 싸며
처음으로 소리죽여 흐느끼다
호루라기 집합 소리에 벌떡 일어선다

눈보라치는 연병장을 포복하며
원산폭격 쪼그려뛰기 피티체조 선착순
처지면 돌리고 쓰러지면 짓밟히고
꿈틀대면 각목으로 피투성이가 되어
내무반을 들어서면
한강철교 침상위에수류탄 철모깔고구르기
군홧발로 조인트 까져 나뒹굴고
뻬치카벽에 세워 놓고 주먹질 발길질에
게거품 물고 침몰해 가는
아 여기는 강제수용소인가 생지옥인가

134

그렁그렁 탱크이빨에 씹히는 꿈에 소스라치면
홍건한 식은땀에 헛소리 신음 소리
흐느끼는 소리 이를 앙가는 저주 소리
그 속에서도 아직은 살아 있다는 걸 확인하고자
우리는 밤마다 조심스레 가슴을 연다

김형은 체불임금 요구하며 농성 중에
사장놈 멱살 흔들다 고발되어 잡혀 오고
열다섯 난 송군은 노가다 일 나간
어머니 마중길에 불량배로 몰려 끌려오고
딸라빚 밀려 잡혀 온 놈
시장 좌판터에서 말다툼하다 잡혀 온 놈
술 한잔 하고 고함치다 잡혀 온 놈
춤추던 파트너가 고관부인이라 잡혀 온 놈
우리는 피로와 아픔 속에서도
미칠 듯한 외로움과 공포를 휘저으며
살아야 한다고 꼭 다시

살아 나가야 한다고
얼어 터진 손과 손을 힘없이 맞잡는다

날이 갈수록 야수가 되어
헉헉거리다 탈진하여
마지막 벼랑 끝에 서서
차라리 포근한 죽음을 갈구하며
따스한 속살 내음을 그리며
단 한 순간만이라도 인간이고자
일어서 울부짖던 사람들은
무자비한 구타 속에 의무실로 실려가고
장파열 뇌진탕 질식사로
하나둘 죽어 나가
뜬눈으로 가슴 타는 초췌한 여인 앞에
돈 많이 벌어올 아빠를 기다리는 초롱한 아가 앞에
360만 원짜리 재 한 상자로 던져진다

민주노조를 몸부림치다

개처럼 끌려온 불순분자 이군은

퉁퉁 부은 다리를 절뚝이며

아버지뻘의 노약한 문노인을 돌봐 주다

야전삽에 찍혀 나가떨어지고

너무한다며 대들던 제강공장 김형도

개머리판에 작살나 앰블런스에 실려 나간다

잔업 끝난 퇴근길에 팔뚝에 새겨진 문신 하나로 잡혀 와

가슴 조이며 기다릴 눈매 선선한

동거하던 약혼녀를 자랑하며

꼭 살아 나가야 한다고 울먹이던 심형은

끝내 차디차게 식어 버리고

일제시절 징용도 이보단 덜했다며

손주 같은 군인들에게 얻어맞던 육십고개 송노인도

화통에 부들부들 뻗어 버리고

아무 죄도 없이 전과자라는 이유로 끌려왔다며

고래고래 악쓰던 사십줄 최씨는

끝내 탈영하여 백골봉에 올라
포위한 군인들과 대치하다가
분노의 폭발음으로 터져 날아가 버린다

악몽 속에 몸부림쳐도 떨치려 해도
온몸을 뒤흔들며 묻을래야 잊을래야
잊을 수 없는 80년의 겨울
개처럼 죽어간 자들의
시퍼런 원혼은 지금도 이 땅의 어드메를 떠돌고 있을까
가련한 살붙이와 여인네들은
이 휘황한 거리의 어디쯤에서 노점상으로 쫓기며
네온싸인보다 섬뜩한 원한으로 서려 있을까
그 많은 동기생들은
흐린 날이면 욱신대는 뼈마디 주무르며
지금쯤 어느 일터 어느 구석에서
삭아내리고 있을까
허연 칼날을 갈고 있을까

동상에 잘려나간 발가락의 허전함보다

철야 한 번 하고 나면 온통 쥐어뜯는

폐차 직전의 내 육신보다 더 뼈저린 지난 세월 속에

진실로 진실로

순화되어야 할 자들은

우리가 아닌 바로 저들임을,

푸르게

퍼렇게

시퍼런 원한으로

깊이깊이 못 박혀

화려한 조명으로

똑똑히 밝혀 오는

피투성이 폭력의 천지

힘없는 자의 철천지 원한

되살아나

부들부들 치멸리는

　　　80년 그 겨울

삼청교육대

어머니

남도의 허기진 오뉴월 뙤약볕 아래
호미를 쥐고 밭고랑을 기던 당신 품에서
말라붙은 젖을 빨며
당신 몸으로 갈 고기 한점 쌀밥 한술
연하고 기름진 것을 받아먹으며
거미처럼 제 어미 몸을 파먹으며 자랐습니다

독새풀죽 쑤어 먹고 어지럼 속에 커도
못 배워 한 많은 노동자로 몸부림쳐도
도둑질은 하지 않았습니다
일 안 하고 놀고먹지도
남을 괴롭히지도 않았습니다
나로 하여 이 세상에서 단 하나
슬픔을 준 사람이 있다면
어머니 바로 당신입니다

당신의 오직 하나 소원이라면

가진 것 적어도 오손도손 평온한 가정이었지요
저는 열심히 일했고 떳떳하게 요구했고
양심대로 우리들의 새날을 위해 싸웠습니다
투쟁이 깊어 갈수록 우리에겐 풍파가 몰아쳤고
당신은 더 불안하고 체념 속에 주저앉아
다시 나를 붙들고 애원하며 원망합니다
어머니
환갑이 넘어서도 파출부살이를 하는
당신의 염원은 우리 모두의 꿈입니다
가난했기에 못 배웠기에
수모와 천대와 노동에 시퍼런 한 맺혔기에
오손도손 평온한 가정에의 바램은
마땅한 우리 모두의 비원입니다

오! 어머니
당신 속엔 우리의 적이 있습니다
어머님의 염원을

오손도손 평온한 가정에의 바램을
잔혹하게 짓밟고 선 저들은
간교하게도 당신의 비원 속에
굴종과 이기주의와 탐욕과 안일의 독사로 도사리며
간악한 적의 가장 집요하고 공고한 혓바닥으로
우리의 가장 약한 인륜을 파고들며 유혹합니다

이 세상에 태어나 단 한 사람
어머니의 가슴에 못을 박습니다
어머님의 간절한 소원을 위하여
이 땅의 모든 어머니들의 비원을 위하여
짓눌리고 빼앗긴 행복을 되찾기 위해
오늘 우리는 불효자가 되어
저 참혹한 싸움터로 울며울며
당신 곁을 떠나갑니다

어머님의 피눈물과 원한을 품고서

기필코 사랑과 효성으로 돌려드리고야 말
우리들의 소중한 평화를 쟁취하고자
피투성이 싸움 속에서
승리의 깃발을 드높이 펄럭이며 빛나는 얼굴로 돌아와
큰절 올리는 그 날까지
어머님 우리는 천하의 불효자입니다

당신 속에 도사린 적의 혓바닥을
냉혹하게 적대적으로 끊어 버리는
진실로 어머니를 사랑하옵는
천하의 몹쓸 불효자 되어
피눈물을 뿌리며 싸움터로 나아갑니다
어머니
어머니

아름다운 고백

사람들은 날보고 신세 조졌다고 한다
동료들은 날보고 걱정된다고 한다

사람들아
나는 신세 조진 것도 없네
장군이 이등병으로 강등된 것도
억대자산 부도난 것도
관직에서 쫓겨난 것도
전무에서 과장으로 좌천된 것도 아니네

아무리 해봤자 12년 묵은 기술이야 몸에 살아 있고
허고많은 일자리 중에 좀 불편하면 어떤가
까짓거 애당초 배운것 없고 가진 것 없어 기름쟁이 되어
백 년 가라 빡빡 기어 봤자
사장이 되것는가
장관 자리 하것는가
사무직 출세하것는가

한 서너 달 감방 산들 살찌고 편하고 수양되데그랴
노동자가 언제는 별 볼일 있었나
조질 신세도 없고 찍혀 봤자 별 볼일 없네

벗들이여
너무 걱정 말게
이렇게 열심히 당당하게 살아가지 않는가
진실로 부끄러이 고백하건대
나는 이기적이고 독선적인 경쟁하는 인간이었네
내게 득이 되면 친구라 했고 손해 볼 듯하면 버렸네
동료를 불신하고 필요한 만큼만 알고 이용가치로만 따졌네
좌절과 허망 속에 그저 일하고 먹고 자고 취하고
산다는 의미조차 없이
겉멋과 향락만 동경하며 내 한 몸조차 보존키 어려웠네

노동운동을 하고부터
동료와의 깊은 신뢰와 나눔과 사랑 속에

참말 인간다운 삶이 무엇인지를 알았네
나의 존재를 인정받고 신뢰와 사랑 속에
동료를 위해 사는 것처럼 큰 희열이 어디 있을까
라면 한 개 쓴 소주 한 병을 노놔 먹어도 웃음꽃이 피고
불안함과 경계가 없이 너나가 우리로 다 함께
환히 열린 하나 됨 속에서 해방의 기쁨을 나는 맛보네
나의 눈물이 동료들의 웃음이 되고
나의 고통이 동료들의 기쁨이 되고
나의 아픔이 우리들의 희망이 된다면
이 또한 얼마나 아름답고 뜻깊은 생인가

신세 조졌다 해도 좋다
이 땅의 노동형제들의 얼굴에 웃음꽃이 만발하는,
죽음 같은 저임금과 장시간 노동의 형틀을 깨부수는
노동운동의 열기 찬 대열 속에서
보람과 자랑스런 노동자로
오늘도 낯설은 현장에서

지루함과 수모도 차근차근 삭여 가며
지칠 줄 모르는 투쟁의 불꽃은 타네

별 볼일 없는 나는

얼굴도 못생기고
말주변도 어눌하고
빽도 없고 돈도 없고
최종학력 중퇴에다 촌시러워서
내 스스로 주제를 생각해 봐도
참말로 한심하게 별 볼일 없는 나는
사기는 안 친다
남의 것을 뺏지도 억누르지도
나로 인해 타인에게 슬픔은 주지 않는다

별 볼일 없는 나를
후배들은 자상한 형이라 따르고
동료들은 신의 깊은 놈이라 믿어 주고
선배들은 싸가지 있는 놈이라 인정해 준다

별 볼일 없는 나이지만
내가 없었다면

이렇게 바르게 살아가고
우리 권리 찾아 싸워 가는 좋은 벗들은
제 밑 닦기에 허둥대다
유성처럼 의미 없이 스쳐 갔을지도 모른다

그래,
니나 내나 죶도 별 볼일 없지만
우리는 흩어진 돌멩이를 모아
딴딴히 굳히는 시멘트이지

돈 가지고 빽 가지고 이론 가지고
찬란하게 인품 잡는 스타는 아니어도
우리 모두를 굳건한 단결로 엮어 세우는
굵고 썩지 않는 동아줄이지

소중하고 소중한
우리 속의 희망

끝까지 현장에서
살아 활동하는 노동자이지

장 벽

내가 길들여진 노동자였을 때
저임금의 응달 속을 장시간 노동에 지쳐
캄캄한 장벽을 운명으로 알고 살아왔었다

내가 눈을 떴을 때
높고 두터운 장벽 사이로
한 줄기 빛이 내렸다

내가 외쳤을 때
내 입은 봉해졌고
메아리쳐 온 허망한 상처뿐이었다

내가 뛰어가 부딪쳤을 때
장벽은 끄떡도 하지 않았고
동료들은 차갑게 피를 닦아 주었다

내가 속삭이며,

긴 세월을 절뚝이며 속삭여
동료들과 함께 엉켜 들어
맨몸으로 수없이 벽을 쳤을 때
피에 젖은 장벽은 금이 가기 시작했다

우리가 함마로 구멍을 뚫고
긴긴 밤을 숨죽이며 다이나마이트를 터뜨렸을 때
콰르르르 거대한 장벽은 무너지고
너와 나 사이 가슴 속의 장벽도
무너져 내렸다

우리가 환히 열린 언덕으로 뛰어갔을 때
캄캄한 장벽 밑마다
쿵쿵 까부수는 소리
에워싸며 구멍 뚫는 소리
참혹한 비명 소리

우리들은 또다시 전열을 추스르며
수없이 불어난 동지들과
탄탄한 연대 위에서
마땅히 누려야 할
우리들의 평등한 푸르른 대지를 향해
너는 함마
나는 다이나마이트
살덩이로 불꽃으로 불도쟈로
갈수록 무겁고 힘찬, 치밀하고 확실한
노동자의 전진을 내어 딛는다

우리들의 숙명인
저임금과 장시간 노동이 사라질 때까지
억압과 착취와 분단의 장벽이
사라질 때까지

허 깨 비

내일 아침 신문에
국회가 해산되었다 해도
우린 놀라지 않는다

노총이 없어졌다 해도
우린 더 이상 슬퍼하지 않는다

밥 찾는 몸부림에 철퇴를 내리는
사법부의 판결에도 우린 더 이상 애통해하지 않는다

먹물들이 개소릴 해도
중놈, 신부, 목사란 놈들이 씨나락을 까도
언론이 물구나물 서도
우린 분노하지 않는다

우리들의 애절한 사랑,
떨리는 소망과 비원을 배신한

저 달콤한 포장을, 허깨비를
우린 더 이상 기대하지도 믿지도 않는다

그대들이 어쩔 수 없이 비춰 준 것들에
우린 만족하지 않겠다
죽음 같은 노동과 삶이,
핏발 선 싸움이 준
이 뼈저린 각성으로
마땅히 찾아야 할 우리 것을
더 이상 버려두지 않겠다
살기 좋은 이 강산은 그대들의 땅
우린 더 이상,
허깨비에 홀리지 않는다

노동하는 우리들의 땅
　　　우리들의 내일
　　　우리들의 꿈으로

온 세상 하나 되어 손에 손잡는
벅찬 새날을 위하여
우리는 우릴 가로막는
저 달콤한 허깨비를
부수며 나갈 것이다

해 설

노동현장의 눈동자

채   광   석

이 책은 노동자 시인으로 알려져 있는 박노해의 첫 시집이다.
알다시피 박노해는 지난해부터 최근에 이르기까지 여러 출
판물에 「시다의 꿈」, 「노동의 새벽」, 「휴일특근」, 「지문을 부
른다」, 「손 무덤」 등 빼어난 작품을 발표하여 세인의 주목을
받아 온 시인이요 노동자다. 70년대 중반 유동우의 『어느 돌멩
이의 외침』 이래 쏟아져 나온 근로자들의 체험수기, 80년대 들
어와 『우리들 비록 가진 것 적어도』, 『모퉁이돌』 등을 통해 선
보인 근로자들의 시, 수필, 소설, 르뽀, 마당극 대본들과 더불
어 박노해의 작품은 70년대 이래 이 땅의 노동자들이 열악한
노동현실을 극복하고 인간다운 삶의 세계를 이룩하고자 노력한
고통의 결실이다.

그런 까닭에 여기 실린 그의 시들은 노동현실의 구체적 체험
에 깊이 뿌리박고 그 현실을 살아가는 근로자들의 절망과 슬
픔, 원한과 분노의 정서를 놀랍도록 생생히 담아 낼 뿐만 아니
라, 이것들이 인간다운 삶을 향한 주체적 일어섬 속으로 녹아
들어가 일궈 내는 민중해방의 정서를 탁월하게 보여주고 있다.

159

먼저 노동현장에서의 기본적 대립·갈등은 "미싱을 타고 미싱을 타고/갈라진 세상 모오든 것들을/하나로 연결하고 싶은 꿈"(「시다의 꿈」), "상쾌한 아침을 맞아/즐겁게 땀 흘려 노동하고/뉘엿한 석양녘/동료들과 웃음 터뜨리며 공장문을 나서/조촐한 밥상을 마주하는/평온한 저녁"(「평온한 저녁을 위하여」)을 위한 근로자들의 염원과 저임금·장시간 노동·노동강화·열악한 작업환경 사이의 대립·갈등으로 나타난다. 그러나 거대한 자본의 끝없는 이윤추구 욕구와 이를 뒷받침하는 사회구조 아래서 주체적 단결조차 되어 있지 않은 근로자들은 애시당초 간단히 패배당할 수밖에 없다.

그 결과 근로자들은 저임금·장시간 노동·노동강화·열악한 작업환경의 포로가 된다. 최저 생계비를 훨씬 밑도는 저임금의 포승줄(「졸음」)에 묶여 열악한 작업환경 속에서 오랜 시간 기계의 속도를 따라 진이 빠지도록 졸며 절며 일하다 보면 언제 손목이 날아가 버릴지도 모르고(「손 무덤」), 폐가 콜콜거리는(「어쩔 수 없지」) 시커먼 무우짠지(「졸음」)가 되어 버린다. 이렇듯 육체적·정신적 파손을 감내하며 타이밍 몇 알에 몸을 맡기고 "아득바득 조출철야 매달려도/돌아오는 건 쥐썌알만"(「진짜 노동자」)하여 손발이 퉁퉁 붓도록 일해서 만든 고급제품은 그림의 떡이고(「가리봉 시장」), 오르는 전셋값과 공공요금 고지서는 무거워만 가고, 아내의 시장바구니는 날로 가벼워진다(「모를 이야기들」). 그러니 모래에 싹이 트거나 사장님이 애를 배어 어쩌다 여가가 생겨도(「포장마차」) 소주를 마시든가 고고장에 가서 한판 신나게 흔들어(「어디로 갈꺼나」) 순간적이나마 이 절망스런 현실을 잊으려 들 수밖에 없는 것이다.

게다가 실업의 위험마저 늘상 느껴야 하는 이런 노동생활의 정서는 '멍에 쓴 짐승'(「어쩌면」)의 절망과 슬픔의 정서에 다름 아니다. 정신없이 알을 낳다가 진이 빠져 더 이상 알을 못 낳게 되면 켄터키치킨이 되는 양계장 닭(「어쩌면」), 때리면 돌아가는 팽이, 또는 거대한 탈수기 속에서 쥐어짜지는 빨래(「멈출 수 없지」)의 정서, 바로 그것이다.

그러나 이러한 동물적 수준의 삶이 빚어내는 절망과 슬픔은 쌓이고 비벼져 원한으로 뭉쳐지고 분노의 눈동자로 치켜떠지게 된다. 그리하여 절망과 슬픔을 한껏 머금은 원한과 분노의 눈동자는 이렇게 묻는다. 나의 일당은 4,000원이고 염색공 사촌형은 120만 원 때문에 자살했는데 어째서 사장님네 강아지 하루 식대가 5,000원씩이나 되고 사장님 하루 술값은 100만 원이나 되는 것이냐, 어째서 우리는 아득바득 조출철야 휴일특근 뼈 빠지게 일하는데도 쥐씨알만큼밖에 주지 않느냐, 우리들이 피땀 흘려 일하고 있는 시간에 고층 사우나 빌딩, 고급 요정 앞에 즐비한 승용차들은 무엇이고 저 거대한 백화점의 온갖 휘황한 상품들은 누구의 것이며 프로야구장의 함성은 무엇이냐, 우리는 왜 저토록 찬란한 선진조국의 거리에서 탈출한 죄수꼴이 되고 ET가 되어야(「손 무덤」) 하느냐고.

그들은 또 묻는다. 그렇다면 당신들은 우리들의 알을 빼먹는 날강도가 아니냐, 당신들의 "자상한 미소도/세련된 아름다움과 교양도/부유하고 찬란한 광휘도/어쩌면 우리 것인지도" 모르며 당신들은 "우리들의 피눈물과 절망과 고통 위에서/우리들의 웃음과 아름다움과 빛을／송두리째 빨아먹는"(「어쩌면」) 것이 아니냐고. 이렇듯 패배의 절망과 슬픔에서 깨어난 이들은 스스로의 힘으로 "우리 것 찾으러"(「밥을 찾아」) 일어선다. 흩어진 힘들을 모아 노동조합을 결성하고 그 단결의 힘으로 인간다운 삶의 보장을 요구한다. 최저생계비의 보장, 법정 노동시간의 준수, 작업환경의 개선을 요구한다. 이것은 "돌처럼 풀처럼 조용히 살고" 싶지만 바람이 거세게 몰아치면 갈대도 두 손 쳐들며 아우성치듯, 동물적인 삶을 강요하는 "바람이 드세게 몰아쳐／더 이상 견디지 못하기 때문"(「바람이 돌더러」)에 일어나는 자연스런 돌사태다. 절망과 슬픔이 너무도 쌓여 이제는 제 무게를 더 이상 감당할 수 없어 원한과 분노의 눈동자로 터져나오는 자연스런 전환이다.

주체적인 자각과 단결을 통해 인간다운 삶에의 염원을 성취하려는 근로자의 요구와 초과이윤을 더욱 확대하려는 자본의 기본적 욕구가 맞부딪치게 됨으로써 두 번째 대립·갈등은 첫 번째 대립·갈등보다 훨씬 더 치열한 양상으로 전개된다.

고립분산적이고 미자각 상태였던 근로자들이 점차 자각하고 단결하게 됨에 따라 이전과 같은 간단한 일방적 패배는 있을 수 없게 된다. 그러나 일개 사업장 단위의 단결의 힘은 자본, 즉 사용자 측의 엄청난 힘을 이겨내기에는 너무도 미약하다. 자본의 뒤에는 요정이나 사우나 빌딩 앞의 승용차의 주인들과 프로야구장의 함성이 도사리고 있고, 또 사장님의 국적이 쪽발이(「포장마차」)이기도 하고 코쟁이(「영어회화」)이기도 한 데서 드러나듯 강대국의 힘이 도사리고 있기 때문이다.

그 막강한 힘을 배경으로 사용자 측은 "노조를 포기하라고／
개새끼들, 불순분자라고／길길이 날뛰는"(「대결」)가 하면 온갖
감언이설과 책략으로(「통박」) 노조를 파괴하려 들고 이로 말미
암아 대립·갈등은 마지막 실력대결로 치닫는다. 결국 이 대결
은 해고(「떠나가는 노래」)와 짓밟힘(「삼청교육대 I」), 즉 근로자들
의 처절한 패배로 끝나고 만다. 그러나 이것은 단순한 패배만
은 아니다.

> 허한 눈망울로 매어달리는 벗들아
> 떠난다 우지 마소
> 우리가 만난 곳은
> 기름먼지 자욱한 작업장 구석
> 빗방울처럼 괴로워 나뒹구는
> 절망의 땅이어도
> 우리가 만나야 할 곳은
> 이런 곳이 아니네
> ……
> 어야디야
> 우리 다시 만나세
> 사랑 가득한
> 높낮이 없는 새 땅을 위하여
> 짓눌러진 육신,
> 갈라선 것들이 하나로 제 모습 찾는
> 싸움 속에서 다시 만나세
>
> 하얀 꽃송이 촘촘한
> 백상여 무거워
> 허청허청 울며 절며
> 나는 떠나네
> 어야디이야   ──「떠나가는 노래」──

비록 비참하게 으깨어졌을망정 그 일어섬과 패배의 과정에서 "햇살 쏟아지는 파아란 하늘／이슬 머금은 푸른 대지 위에／생명 있는 모든 것들 하나이 되어／춤추며 노래하는 눈부신 새날" (「사랑」)을 향한 지극한 염원과 이의 실현을 위한 뜨겁고 끈질긴 싸움의 의지가 깊이깊이 새겨지고야 말았던 것이다. 이것은 그들이 그 과정에서, 동료간의 주체적 인간으로서의 참다운 믿음과 사랑의 관계, 부부간의 참다운 믿음과 사랑의 관계 (「이불을 꿰매면서」), 모자간의 참다운 믿음과 사랑의 관계 (「어머니」)가 이 민중, 이 민족의 삶을 갈가리 찢고 갈라놓는 분단의 사회적 모순구조에 의해 파탄되고 허위적인 것으로 왜곡되고 있으며 이 모순구조를 부수는 싸움을 통해서만이 진정한 관계로 통일될 수 있다는 것을 구체적으로 절절히 깨닫게 된 결과이기도 하다.

민중생활의 모든 절망과 슬픔, 원한과 분노는 바로 여기, 즉 인간다운 삶의 세계를 향한 싸움으로서의 사랑 속으로 여지없이 녹아들어 도저한 민중해방의 정서로 통일되고 있다. 처절한 패배와 짓밟힘의 '백상여'에는 이제 참된 노동의 부활, 노동의 해방, 민주주의의 실현, 민족통일의 달성을 향한 부릅뜬 눈동자가 박혀 뚫린 가슴, 잘린 팔다리로라도, 아니 혼백으로라도 기어이 그날에 이르고야 말겠다는 민중해방의 정서 그 자체로 뭉뚱그려지고 있는 것이다. 이에 입각하여 어머니에게 (「어머니」), 사회 전체에게 (「허깨비」) 그날을 향한 진군의 비장한 출사표를 보내며 이 시집의 대단원은 막을 내린다.

이상에서 보았듯이 인간다운 삶의 세계를 향한 열망과 이를 가로막는 현실 간의 대립·갈등의 전개과정을 통해 근로자들이 점차 주체적 인간으로 일어서고, 그에 따라 노동현장의 그 대립·갈등 구조가 가정·사회·민족, 그리고 경제·정치·문화 전체에 걸친 분단의 사회적 모순구조의 한 표출임을 똑똑히 인식하게 되며, 여기서 그 모순구조의 근원적 극복을 향한 절절한 염원과 의지가 자신의 구체적 삶 속에서 솟구쳐오름을 시인은 충격적이고 선명하게 보여주고 있다. 그 모순구조가 가장 집약적·직접적으로 표출되는 노동현장의 구체적 대립·갈등을 바탕으로 절망과 슬픔, 원한과 분노가 싸움으로 전화되고 그 전화과정에서 민중해방의 정서로 통일되는 모습을 이토록 절절하게 형상화한 시들을 우리는 아직까지 본 적이 없다. 아니 이 시집은 "피지배계층의 피해상황이 이야기의 상황 속에서 전체적으로 드러나 있고, 그러나 그 상황이 피지배계층의 일방적인 패배로 끝나면서, 점차 그 피해양상이 깊어지면서부터는 오히려 당하는 자, 민중이 그 상황 자체의 변혁을 필연적으로 요구하게 되는 전체상이 총체적으로 구현되고 있는" "대립과 해방·통일의 정서와 의지를 그 본질로 하고 원한풀이를 정수로 하는" (백원담, 「인간해방의 정서와 의지의 형상화」, 『시인』 제2집 『민주·민중·운동·문학』) 우리 전통 민중문학의 기본구조와 일치하고 있다.

좀더 자세히 살펴보자면 이러한 성과는 구체적 현장성과 실천적 운동성의 통합에서 비롯된 것이다. 먼저 모든 시들은 어떤 관념의 눈으로 밖에서 들여다보고 그리는 남의 삶이 아니라 자기 자신이 뿌리박고 살아가는 작자 자신의 삶 속에서 우러나온 것이기 때문에 거기서 일어나는 대립·갈등의 전개과정이 그만큼 생생하고 절절하게 드러나고 있는 것이다. 남의 이야기가 아니라 나 자신의 이야기인 데서 오는 구체적 현장성이 모든 시들의 피와 살을 형성하고 그 시들을 살아서 펄떡거리게 한다는 말이다. 그러나 여기서 머문다면 자기 삶의 고통스런 모습을 감상적으로 호소하거나 단순히 고발하는 데 그치고 만다.

그런데 여기 실린 많은 시들은 근로자들이 자기 삶의 터전으로서의 노동현장에서 일어나는 구체적 대립·갈등의 전개과정에 주체적·실천적으로 참여하여 움직여 가는 운동의 흐름 가운데서 출발함으로써 실천적 운동성을 획득하고 있다. 피와 살에 뼈대를 더하듯 구체적 현장성에 실천적 운동성을 가하여 감상적 호소나 단순한 고발의 차원을 벗어나 민중해방의 정서와 의지로 발돋음하고 있으며, 민중적 리얼리즘의 위대한 승리를 창출해 내고 있는 것이다.

여기서 우리는 이른바 문학적 상상력이나 감수성이 어디에서 출발해야 하며 참다운 민중정서는 어떻게 획득되는 것인가를 선명히 깨닫게 된다. 그것은 관념적 통박놀음이 아니라 자기 삶의 터전에서 전개되는 대립·갈등에 주체적·실천적으로 참여하는 과정의 한복판 바로 거기서 출발해야 하며, 또 그렇게 할 때 비로소 진정한 상상력, 감수성, 민중정서가 획득되는 것임을 이 시집은 웅변으로 입증하고 있는 것이다. 시의 이야기성이나 형식 문제도 그렇다. 작자 자신의 삶의 터전에서 일어나는 대립·갈등의 과정에 주체적·실천적으로 참여할 때 전개

되는 절망·슬픔·원한·분노의 변증법은 그 자체로서 '살아가는 이야기'이다. 또 이렇게 '살아가는 이야기'일 때 장시냐, 연작시냐, 짧은 서정시냐 하는 구분은 별다른 문제가 되지 않는다는 것을 이 시집은 보여주고 있다. 이 시집의 짧은 서정시들은 흩어지면 독립체요 모여서는 서사적 장시 또는 연작시를 형성하고 있는 것이다.

물론 개개의 시들 중에는 감상이나 고발의 차원에 머문 것도 더러 있고 현장성과 운동성 간의 통합이 제대로 이루어지지 않아 생경하고 도식적인 시들도 간혹 발견된다. 전자는 감상적 자기위안으로, 후자는 관념적 자기위안으로 떨어지기 쉽다고 할 때 그것은 분명히 시인이 극복해야 할 중요한 과제이다. 특히 후자의 경우 구체적 현장성으로부터 실천적 운동성으로 나아가지 못하고 실천적 운동성을 너무 앞세운 나머지 거기에다 구체적 현장성을 성급하고 도식적으로 짜맞춤으로써 '살아가는 이야기'로서의 민중해방의 정서와 의지가 아니라 관념적 과격성으로 흐른 감이 있다. 그 즉각적이고 선명한 충격적 선언성은 충분히 인정하지만 결국은 절절한 구체적 현장성을 도식의 그물에 가두어 감동의 강도를 낮추는 것 같기 때문이다.

이것이 만약 충격적 선언성을 발견하기 힘든 먹물적 문학풍토에 필자가 알게 모르게 길들여진 탓이거나 노동현장의 그 절절한 치열성을 먹물적 관점에서 잘못된 방향으로 이해한 것이 아니라면 그것은 분명 극복되어야만 한다. 대중성의 관점에서 보더라도 그런 시들은 노동문제에 대해 관심이 큰 지식인들이나 노동운동 당사자들을 향한 것이지 미자각 근로대중의 가슴에 스며들어 지속적으로 작용하는 침투적 감동을 낳는 성질의 것은 아니라는 느낌이 드는 것이다. 어떻든 전체를 통틀어 볼 때 이러한 결함들마저도 노동현장의 살아 움직이는 모습을 전체적 틀 속에 뭉뜽그려 넣으려는 잘 짜여진 의식적 구도에 따라 설정된 것으로 보일 만큼 이 시집은 앞서 말했듯 개개의 시들이 흩어지면 제가끔 독립체가 되고 모아지면 하나의 서사적 장시를 이루고 있다.

마지막으로 이 시집의 전체적인 모습을 속속들이 담고 있는 「손무덤」의 구조를 통해 이 시집의 흐름을 다시 한 번 되새기면서 글을 맺기로 한다. 이 시의 각 연은 다음과 같이 구성되어 있다.

제 1 연 ··· 열악한 노동조건으로 말미암아 손목이 잘린 비극적 산업재해 사건의 제시를 통해 절망스럽고 서글픈 노동현실을 드러냄(절망·슬픔).
제 2 연 ··· 이 사건에 대한 사용자 측의 부당한 처리 장면을 묘사함으로써 자본의 끝없는 이윤추구를 드러냄(원한·분노).
제 3 연 ··· 동료의 잘린 손목을 가족에게 전해주러 갔으나 차마 그러지 못하고 되돌아나오는 장면을 묘사함으로써 비극적 노동현실을 드러냄(슬픔·절망).
제 4 연 ··· 번화가의 대형서점을 찾아도 산더미처럼 쌓인 책 중에 산업재해 관계 서적 등 노동자용 서적이 전혀 없는 사실을 제시함으로써 노동현실을 외면하는 사회구조를 드러냄(원한·분노).
제 5 연 ··· 외국 상가와도 같은 거리와 화사하고 세련된 남녀들과 작업화 차림의 마치 탈출한 죄수 같은 근로자의 대비를 통해 사회현실의 모순구조를 드러냄(슬픔·절망·원한·분노).
제 6 연 ··· 제 5 연보다 더욱 적나라한 대비를 통해 사회현실의 모순구조를 드러냄(슬픔·절망·원한·분노).

　제7연…잘린 손목을 공장 담벼락 밑에 매장하는 행위 또는 의식儀式을 누런 착취의 손, 일 안하고 놀고먹는 하얀 손들을 묻는 행위 또는 의식과 극적으로 일치·전환시킴으로써 노동행위와 사회적 현실의 모순구조를 주체적·실천적으로 극복하려는 일어섬을 극적으로 일치·전환시킴(슬픔·절망·원한·분노가 녹아들어 통일된 민중 해방의 정서를 이룸).

　보다시피 마지막 연에서의 극적 일치와 전환은 참으로 놀랍다. 동료 노동자의 절단된 손을 묻는 슬픔과 절망, 원한과 분노의 행위를 착취의 손, 놀고먹는 손들을 묻는 주체적·실천적 행위와 일치시킴으로써 슬픔·절망·원한·분노가 뒤엉킨 싸움으로의 극적 전환을 이룩하는 것이다. 그리하여 이제 노동은 단순한 절망과 슬픔의 행위, 원한과 분노의 행위가 아니라 이 모든 것이 어우러져 노동의 부활, 즉 노동의 해방이 이루어지기까지 '누런 손', '하얀 손'들을 묻고 또 묻는 싸움의 행위로 바뀌고야 만다.

　그런데 여기서 우리는 이러한 극적 전환 또는 승화가 어떤 이념이나 이데올로기에 의한 급작스런 도식화로서 나타나는 것이 아니라, 민중의 구체적 삶의 터전인 노동현장에서 인간다운 삶을 향한 민중의 염원과 이를 저지하는 구조 사이의 대립·갈등과 민중의 일방적 패배가 쌓이고 쌓이는 과정 끝에 나타나는 것임을 확인한다. 1연에서 6연까지는 민중의 일방적 패배로 인한 절망과 슬픔, 원한과 분노의 누적과정, 누적되면서 그 패배를 강요하는 사회적 모순구조에 대한 인식과 함께 주체적 일어섬으로의 질적 전환으로 들어서는 과정을 보여주고, 이것은 7

연에 가서 "일하는 손들이／기쁨의 손짓으로 살아날 때까지"
그 모순구조를 극복하기 위한 싸움으로 일대 전환을 이룩하는
데서 입증된다.

　이는 곧 이 시가 앞서 인용한 백원담의 말대로 어떤 이념이
나 이데올로기가 아니라 우리 전통 민중문학의 기본구조, 즉
대립 · 갈등의 상황이 언제나 민중의 일방적 패배로 끝나지만
민중의 피해양상이 깊어지면서 민중이 그 상황 자체의 변혁을
요구하게 되는 총체적 전체상의 구현에 다름아님을 보여주는
것이다. 바로 여기서 전개되는 대립과 해방 · 통일의 민중정서
와 의지는 전통 민중문학의 구조에 그대로 적중하여 그의 시를
80년대 민중시의 한 절정으로 이끌고 있다고 하겠다.

초판 해설을 쓴 채광석(1948~1987)은 80년대 대표적인 민중문학 평론가이자 시인이며
탁월한 문화운동가였다. 자유실천문인협의회 사무국장 및 집행위원, 민주통일민중운동연합
중앙위원, 민중문화운동연합 실행위원, 『시와 경제』 동인, 도서출판 풀빛 주간 등으로
활동했다. 문단의 풍토와 가식과 허위에 찬 문화주의를 날카롭게 비판하고, 현장에서 멀어진
'지식인 계급의 문학'의 몰락을 경고하며 '민중적 민족문학'이라는 새로운 담론을 이끌어낸
주역이었다. 1984년 무명의 노동자가 쓴 '불온한' 이 시집을 가장 먼저 알아보고 김사인,
나병식과 함께 위험을 무릅쓰고 출간하였다. 1985년 시집 『빗줄을 타며』(풀빛), 사회평론집
『물길처럼 불길처럼』(청년사)을 출간하였다. 1987년 6월 항쟁이 승리한 그날 밤 새벽 거리에서
불의의 교통사고로 세상을 떠났다. 1988년 1주기를 맞아 『채광석전집』(풀빛), 문학평론집
『민족문학의 흐름』이 출판되었다. 이 해설은 초판 『노동의 새벽』(1984, 풀빛)에 실렸다.

박노해 시인

박노해

1957 전라남도에서 태어났다. 16세에 상경해 노동자로 일하며 선린상고(야간)를 다녔다. **1984** 27살에 첫 시집『노동의 새벽』을 펴냈다. 이 시집은 군사독재 정권의 금서 조치에도 100만 부가 발간되며 한국 사회와 문단을 충격으로 뒤흔들었다. 또한 무권리 상태로 '잊혀진 계급'이던 천만 노동자의 영혼의 목소리가 되었고 젊은 대학생들을 노동현장으로 뛰어들게 하는 양심의 북소리로 울려 퍼졌다. 감시를 피해 사용한 박노해라는 필명은 '박해받는 노동자 해방'이라는 뜻으로, 이때부터 '얼굴 없는 시인'으로 불렸다. **1989** 〈남한사회주의노동자동맹〉(사노맹)을 결성했다. **1991** 7년여의 수배 끝에 안기부에 체포, 24일간의 고문 후 '반국가단체 수괴' 죄목으로 사형이 구형되고 무기징역에 처해졌다. **1993** 감옥 독방에서 두 번째 시집『참된 시작』을 펴냈다. **1997** 옥중에세이『사람만이 희망이다』를 펴냈다. **1998** 7년 6개월의 수감 끝에 석방됐다. 이후 민주화운동가로 복권됐으나 국가보상금을 거부했다. **2000** "과거를 팔아 오늘을 살지 않겠다"며 권력의 길을 뒤로 하고 비영리단체 〈나눔문화〉(www.nanum.com)를 설립했다. **2003** 이라크 전쟁터에 뛰어들면서, 세계의 가난과 분

쟁 현장에서 평화활동을 이어왔다. 2010 낡은 흑백 필름 카메라로 기록한 사진을 모아 첫 사진전「라 광야」展과「나 거기에 그들처럼」展(세종문화회관)을 열었다. 12년 만의 시집『그러니 그대 사라지지 말아라』를 펴냈다. 2012 나눔문화가 운영하는 〈라 카페 갤러리〉에서 박노해 사진전을 상설 개최하고 있다. 현재 22번째 전시를 이어가고 있으며, 총 39만 명의 관람객이 다녀갔다. 2014 아시아 사진전「다른 길」展(세종문화회관) 개최와 함께 사진집『다른 길』을 펴냈다. 2019 박노해 사진에세이 시리즈『하루』를 시작으로『단순하게 단단하게 단아하게』,『길』,『내 작은 방』,『아이들은 놀라워라』,『올리브나무 아래』를 펴냈다. 2020 시 그림책『푸른 빛의 소녀가』, 2021『걷는 독서』, 2022 시집『너의 하늘을 보아』, 2024 첫 자전수필『눈물꽃 소년』을 펴냈다. 30여 년간 써온 책, 우주에서의 인간의 길을 담은 사상서를 집필 중이다. '적은 소유로 기품 있게' 살아가는 〈참사람의 숲〉을 꿈꾸며, 시인의 작은 정원에서 꽃과 나무를 심고 기르며 새로운 혁명의 길로 나아가고 있다.

사진과 글로 시작하는 하루 〈박노해의 걷는 독서〉 ⨍parknohae ⓞpark_nohae

박노해 詩集 노동의 새벽

2014년『노동의 새벽』출간 30주년을 맞아 1984년에 출간된 초판의 본문을 복원해 새롭게 펴냈습니다. 당시의 납 활자본을 가능한 한 그대로 살렸으며, 세월이 흘러 읽기 어려운 글자는 하나하나 수작업을 거쳐 되살려냈습니다. 초판의 판화와 해설을 신도록 허락해주신 故 오윤 님과 故채광석 님의 유가족들께 깊이 감사드립니다. 또한 80년대 어려운 시대 상황에서『노동의 새벽』을 출간했던 故나병식 님을 비롯한 풀빛출판사 여러분께 감사드립니다.

2024년 8월 22일 개정판 10쇄 발행
2014년 12월 10일 개정판 1쇄 발행
2004년 11월 17일 느린걸음 초판 발행
1997년 해냄에서 발행
1984년 풀빛에서 발행

지은이 박노해
편집 김예슬 디자인 홍동원
제작 윤지혜 홍보 이상훈
종이 월드페이퍼 특수가공 이지앤비
인쇄·제본 천광인쇄사

발행인 임소희 발행처 느린걸음
등록일 2002년 3월 15일 등록번호 제300-2009-109호
주소 서울시 종로구 사직로8길 34, 330호
전화 02-733-3773
이메일 slow-walk@slow-walk.com
인스타그램 instagram.com/slow_walk_book

ISBN 978-89-91418-17-2 03810

걸음
단순하게 단단하게 단아하게